Mit Goethe durch das Jahr

EIN KALENDER FÜR DAS JAHR 2002

ARTEMIS & WINKLER

Thema der 54. Folge des Goethekalenders:
Goethes Diener

Auswahl, Anmerkungen und Quellenverzeichnis
von Effi Biedrzynski

Satz: Offizin Wissenbach, Höchberg bei Würzburg
Druck und Bindung: Friedrich Pustet, Regensburg
Printed in Germany
ISBN 3-7608-4802-8 kt.
ISBN 3-7608-4902-4 Ld.
www.patmos.de

JANUAR

1. Neujahr
Im neuen Jahre Glück und Heil,
Auf Weh und Wunden gute Salbe!
Auf groben Klotz ein grober Keil!
Auf Einen Schelmen anderthalbe!

2. Mittwoch
Ich finde nichts vernünftiger in der Welt, als von den Torheiten anderer Vorteil zu ziehen.

3. Donnerstag
Nicht alles ist an Eins gebunden;
Seid nur nicht mit euch selbst im Streit!
Mit Liebe endigt man, was man erfunden;
Was man gelernt, mit Sicherheit.

4. Freitag
Denken und Tun, Tun und Denken, – das ist die Summe aller Weisheit. Beides muß wie Aus- und Einatmen sich im Leben hin und wider bewegen; wie Frage und Antwort sollte eines ohne das andre nicht stattfinden

5. Samstag
Wie die Pflanzen zu wachsen belieben,
Darin wird jeder Gärtner sich üben;
Wo aber des Menschen Wachstum ruht,
Dazu jeder selbst das Beste tut.

6. Sonntag · Drei Könige

Wir bringen Myrrhen, wir bringen Gold,
Dem Weihrauch sind die Damen hold;
Und haben wir Wein von gutem Gewächs,
So trinken wir drei so gut als ihrer sechs.

7. Montag

Die Idee ist ewig und einzig; daß wir auch den Plural brauchen, ist nicht wohlgetan.

8. Dienstag

Das glücklichste Wort, es wird verhöhnt,
Wenn der Hörer ein Schiefohr ist.

9. Mittwoch

Gegner glauben, uns zu widerlegen, wenn sie ihre Meinung wiederholen und auf die unsrige nicht achten.

10. Donnerstag

Wenn ich nicht sinnen oder dichten soll,
So ist das Leben mir kein Leben mehr.

11. Freitag

Fehlst du, laß dichs nicht betrüben:
Denn der Mangel führt zum Lieben;
Kannst dich nicht vom Fehl befrein,
Wirst du andern gern verzeihn.

12. Samstag

Die Hauptsache ist, daß man ein großes Wollen habe und Geschick und Beharrlichkeit besitze, es auszuführen; alles übrige ist gleichgültig.

13. Sonntag

Liebe will ich liebend loben,
Jede Form, sie kommt von oben.

14. Montag

Die Natur hat manches Unbequeme zwischen ihre schönsten Gaben ausgestreut.

15. Dienstag

Kenn' ich doch
Die Welt von Jugend auf,
Wie sie so leicht
Uns hilflos, einsam läßt,
Und ihren Weg
Wie Sonn' und Mond und andre Götter geht.

16. Mittwoch

Fahrt nur fort nach eurer Weise
Die Welt zu überspinnen!
Ich in meinem lebendigen Kreise
Weiß das Leben zu gewinnen.

17. Donnerstag

Bringst du Geld, so findest du Gnade; sobald es dir mangelt, schließen die Türen sich zu.

18. Freitag

Das Gesetz haben die Menschen sich selbst auferlegt; aber die Natur haben die Götter geordnet.

19. Samstag

Was soll der Stolz, das Gerede, der Spott?
So nimm doch Holz, und schnitz auch einen Gott.

20. Sonntag

Gebt mir zu tun,
Das sind reiche Gaben!
Das Herz kann nicht ruhn,
Will zu schaffen haben.

21. Montag

In der Jugend traut man sich zu, daß man den Menschen Paläste bauen könnte, und wenns um und an kömmt, so hat man alle Hände voll zu tun, um ihren Mist beiseite bringen zu können.

22. Dienstag

Willst du Weihrauchs Geruch erregen,
Feurige Kohlen mußt unterlegen.

23. Mittwoch

Das Urteil können sie verwehren, aber die Wirkung nicht hindern.

24. Donnerstag

Das Glück ist die Göttin der lebendigen Menschen, und um seine Gunst recht zu fühlen, muß man leben und Menschen sehen, die sich recht lebendig und sinnlich fühlen.

25. Freitag

Mit jemand leben oder in jemand leben ist ein großer Unterschied. Beides zu verbinden ist nur reinster Liebe und Freundschaft möglich.

26. Samstag

Gott, wenn wir hoch stehen, ist alles; stehen wir niedrig, so ist er ein Supplement unsrer Armseligkeit.

27. Sonntag

Den hochbestandnen Föhrenwald
Pflanzt ich in jungen Tagen;
Er freut mich so!–!–!– Man wird ihn bald
Als Brennholz niederschlagen.

28. Montag

Wer ist ein unbrauchbarer Mann?
Der nicht befehlen und auch nicht gehorchen kann.

29. Dienstag

Der geistreiche Mensch knetet seinen Wortstoff, ohne sich zu bekümmern, aus was für Elementen er bestehe; der geistlose hat gut »rein« sprechen, da er nichts zu sagen hat.

30. Mittwoch

Wer gegen sich selbst und andere wahr ist und bleibt, besitzt die schönste Eigenschaft der größten Talente.

31. Donnerstag

Gut verloren – etwas verloren!
Mußt rasch dich besinnen
Und neues gewinnen.
Ehre verloren – viel verloren!
Mußt Ruhm gewinnen,
Da werden die Leute sich anders besinnen.
Mut verloren – alles verloren!
Da wär es besser nicht geboren.

Niemand dienet einem andern aus freien Stücken; weiß er aber, daß er damit sich selber dient, so tut er es gerne.

Zu Eckermann, 6.4.1829

Nicht der Projektmacher und Versprecher, sondern der im Geringen treue Dienste anbietet, ist dem willkommen, der so gern was Guts und Dauerhaftes tun möchte.

An J. F. Krafft, 23.11.1778

Wer klare Begriffe hat, kann befehlen.

Maximen und Reflexionen 968

DIE BASIS

»DIE NIEDERN CLASSEN«

Goethe · Frankfurt, 1.7.1774 – In der Nacht vom 28. auf den 29. May kam Feuer aus in unsrer Judengasse, das schnell und gräßlich überhand nahm. Ich schleppte auch meinen Tropfen Wasser zu, und die wunderbarsten, innigsten, mannigfaltigsten Empfindungen haben mir meine Mühe auf der Stelle belohnt. Ich habe bei dieser Gelegenheit das einfache Volk wieder näher kennengelernt, und bin aber und abermal vergewissert worden, daß das doch die besten Menschen sind.

An Herders · Eisenach, 23.6.84 – Daß die Menschen hier sich nähren und rühren, ist ein fröhlicher Anblick, leider ist's nicht allgemein. – Das arme Volk muß immer den Sack tragen, und es ist ziemlich einerley, ob er ihm auf der rechten oder linken Seite zu schwer wird.

An Charlotte v. Stein · Ilmenau, 11.11.85 – Ich ließ einen Buchbinder rufen, um mir Manuskript aus »Wilhelm Meister« in meiner Gegenwart zu heften. Er erinnerte eine Bitte, die er bey der Steuerkommission [die Goethe unterstand] angebracht, und unter der Arbeit erzählte er mir seine Geschichte und sprach über sein Leben. Jedes Wort, das er sagte, war so schwer wie Gold, und ich verweise dich auf Lavaterische Pleonasmen, um dir die Ehrfurcht auszudrücken, die ich für den Menschen empfand.

An Knebel · Ilmenau, 17.4.1782 – Die Erinnerung der guten Zeiten, die wir vermischt mit bösen Stunden zusammen hier genossen, treibt mich an, dir zu schreiben …

Du erinnerst dich noch, mit welcher Sorgfalt und Leidenschaft ich die Gebürge durchstrich, und ich die Abwechslungen der Landsarten zu erkennen mir angelegen seyn ließ. Das hab ich nun, wie auf einer Einmaleins Tafel, und weiß von jedem Berg und jeder Flur Rechenschaft zu geben. Dieses Fundament läßt mich gar sicher auftreten, ich gehe weiter und sehe nun, zu was die Natur ferner diesen Boden benutzt und was sich der Mensch zu eigen macht. Ich kann dir versichern, daß, wenn ich mit Bätty [Landwirtschafts-Kommissar] umherreite, der keine Theorie hat, meine Theorie mit seiner richtigen Praxis immer übereinstimmt, worüber ich denn, wie du denken kannst, große Freude habe.
So steig ich durch alle Stände aufwärts, sehe den Bauersmann der Erde das Notdürftige abfordern, das doch auch ein behäglich Auskommen wäre, wenn er nur für sich schwitzte. Du weißt aber, wenn die Blattläuse auf den Rosenzweigen sitzen und sich hübsch dick und grün gesogen haben, dann kommen die Ameisen und saugen ihnen den filtrierten Saft aus den Leibern.

Wer befehlen kann wird loben,
Und er wird auch wieder schelten
Und das muß, dir treuer Diener,
Eines wie das andre gelten.

Denn er lobt wohl das Geringe,
Schilt auch, wo er sollte loben;
Aber bleibst du guter Dinge,
Wird er dich zuletzt erproben.

Und so haltet's auch, ihr Hohen,
Gegen Gott wie der Geringe,
Tut und leidet, wie sich's findet,
Bleibt nur immer guter Dinge.

West-Östlicher Divan,
Buch der Betrachtungen

Goethe kannte die Strukturen der Gesellschaft, in der er heranwuchs und lebte. Die strenge Hierarchie mit ihren Stufungen, Rängen und Ordnungen, die dem Einzelnen strikt den Ort seines Wirkens und Bleibens zuwies, war ihm vertraut. Er kannte die »niedern Classen« und »hohen Stände« – in Frankfurt, der Freien Reichsstadt, so existent wie in Königreich, Fürstentum oder Grafschaft, den feudal dominierten Souveränitäten des Heiligen Römischen Reichs. – Dreimal glücklich preisen die »Lehrjahre« jene, die – durch Geburt über die unteren Stufen der Menschheit hinausgehoben – nicht gezwungen waren, wie der Dichter formuliert, sich im offenen Wasser abzuarbeiten, sondern, auserwählt, gleichsam im sicheren Boot, die günstigen Winde nutzen und widrige gelassen abwarten konnten. Goethe dachte bei diesen Bildern zwar an die mächtig zugreifenden Privilegien des Adels, doch auch er, Sohn eines Bürgers, vermochte, bevorzugt durch die Privilegien der guten Erziehung und liebevoll betreuter Jugendjahre, Fähigkeiten auszubilden, die ihm später erlaubten, scheinbar leichthin, die eigene Existenz den eigenen Bedürfnissen gemäß einzurichten und zu führen.

Sorgsam überlegt, doch großzügig dimensioniert waren, wie an Rat Goethes Liber domesticus, *seinem Ausgabenbuch, abzulesen ist, Haltung und Lebensstil im Haus am Hirschgraben. Neben Zimmern mit Möbeln aus der Werkstatt des berühmten Abraham Roentgen, neben Kunstsammlungen und Bibliothek, neben gepflegten Gärten und einem wohl bestückten Weinkeller war auch der tägliche Tisch gut bestellt. Man hört von süßen und sauren Pasteten, von Schnepfen, Torten, Speckkuchen und Schwartenmagen. – Drei Schüsseln habe sie noch, obwohl nach dem Tod des Hausherrn bereits allein, zu Mittag gehabt, schreibt die Rätin. Zum Vesper dann einen Eierkuchen und abends ellenlange Krebse. – Gemeinsam mit der Köchin besorgte sie den Einkauf für die Küche. Zur »Bestreitung der Oekonomie« standen ihr jährlich 728 bis 780 Gulden zur Verfügung, wobei Friedrich Bothe, dem wir hier folgen, im Jahre 1930 den Gulden mit 7,50 Reichsmark ansetzt. – Waren Gäste zu erwarten, stiftete Rat Goethe einen »Extragroschen«. So im August 1765 fast 50 Gulden zu einem »Schmäusgen mit Freunden« – einen Betrag, der immerhin dem Monatssalär Bustellis, des großen Porzellan-Modelleurs von Nymphenburg, entsprach! – Aus seiner Sonderkasse bezahlte Rat Goethe auch Seife aus Aschaffenburg oder einen Bratenwender aus Hanau; er bestellte beträchtliche Mengen Wurst in Göttingen, Käse in Emden, ließ Rosen-Zucker aus Genua kommen, Kuchen aus Oberrad und sorgte (wie Jahre später in der eigenen Haushaltung der Sohn), daß Brenten, Zimtwaffeln, Schokolade und Konfekt so wenig ausgingen wie der Vorrat an Zuckerhüten oder das »Kistel« mit braunem Kandiszucker und das Säckchen mit der schneeweißen Raffinade.*

Mindestens einmal im Jahr wurde für den Familientisch ein Schwein geschlachtet, Gänse und Rindfleisch gepökelt und geräuchert, und Frau Rat hatte gerade in den »fatalsten Monaten« des Frühjahrs, wo sie schon durch Große Wäsche und Hausputz »ganz aus ihrem Gerick und Geschick kam«, noch zentnerweise Butter zu schmelzen und zu klären, so über zweihundert Pfund im Jahr 1768.

Eine Haushaltsführung, die in ihrer Bedachtsamkeit lehrte, »den Wert und Unwert irdischer Dinge« richtig einzuschätzen. Weit entfernt, den Genuß einer köstlichen Frucht, eines vorzüglichen Weins, doch auch die Qualität einer sorgsam zubereiteten Mahlzeit gering zu achten, gewannen dann bei der Organisation der eigenen Wirtschaft von Jahr zu Jahr entschiedener die Maximen Gültigkeit, deren Funktionieren Goethe von früh auf erlebt und erprobt hatte.

Ich habe gespeiset, nun speis ich erst gut!
Bei heiterem Sinne, mit fröhlichem Blut
Ist alles an Tafel vergessen.
Die Jugend verschlingt nur, dann sauset sie fort;
Ich liebe zu tafeln am lustigen Ort,
Ich koste und ich schmecke beim Essen.

Ich habe getrunken, nun trink ich erst gern!
Der Wein, er erhöht uns, er macht uns zum Herrn
Und löset die sklavischen Zungen.
Ja, schonet nur nicht das erquickende Naß:
Denn schwindet der älteste Wein aus dem Faß,
So altern dagegen die jungen.

Aus: Gewohnt, Getan, 1813

FEBRUAR

1. Freitag

Das Geschick
Wird nicht von uns beherrscht und unsern Wünschen,
Und so ergib dich ihm, wie wir es tun.

2. Samstag

Natur! Wir sind von ihr umgeben und umschlungen – unvermögend, aus ihr herauszutreten, und unvermögend, tiefer in sie hineinzukommen. Ungebeten und ungewarnt nimmt sie uns in den Kreislauf ihres Tanzes auf und treibt sich mit uns fort, bis wir ermüdet ihrem Arm entfallen.

3. Sonntag

Nur wenn das Herz erschlossen,
Dann ist die Erde schön!
Du standest so verdrossen
Und wußtest nicht zu sehn.

4. Montag

Wann werden wir lernen, uns der eingebildeten Übel zu entschlagen und die wahren alsdann einander zutraulich ans Herz zu legen!

5. Dienstag

Es gibt zwei friedliche Gewalten: das Recht und die Schicklichkeit.

6. Mittwoch

Soll dich das Alter nicht verneinen,
So mußt du es gut mit andern meinen;
Mußt viele fördern, manchem nützen,
Das wird dich vor Vernichtung beschützen.

7. Donnerstag

Man weicht der Welt nicht sicherer aus als durch die Kunst und man verknüpft sich nicht sicherer mit ihr als durch sie.

8. Freitag

Man liebt Ursache und Wirkung zu verwechseln.

9. Samstag

Das Tüchtige, und wenn auch falsch,
Wirkt Tag für Tag, von Haus zu Haus;
Das Tüchtige, wenns wahrhaft ist,
Wirkt über alle Zeiten hinaus.

10. Sonntag

Das Leben ist die Liebe, und des Lebens Leben Geist.

11. Rosenmontag

Du willst nach deiner Art bestehn,
Mußt selbst auf deinen Nutzen sehn.

12. Fastnacht

Kommt her! Wir setzen uns zu Tisch;
Wen möchte solche Narrheit rühren!
Die Welt geht auseinander wie ein fauler Fisch,
Wir wollen sie nicht balsamieren.

13. Aschermittwoch

Die Welt ist voll Torheit, Dumpfheit, Inkonsequenz und Ungerechtigkeit; es gehört viel Mut dazu, diesen nicht das Feld zu räumen und sich beiseite zu begeben.

14. Donnerstag

Nichts ist höher zu schätzen als der Wert des Tages.

15. Freitag

Die Vernunft des Menschen und die Vernunft der Gottheit sind zwei sehr verschiedene Dinge.

16. Samstag

Habt eures Ursprungs vergessen,
Euch zu Sklaven versessen,
Euch in Häusern gemauert,
Euch in Sitten vertrauert,
Kennt die goldenen Zeiten
Nur als Mährgen, von weitem.

17. Sonntag

Zu nehmen, zu geben des Glückes Gaben,
Wird immer ein großes Vergnügen sein.
Sich liebend aneinander zu laben,
Wird Paradieses Wonne sein.

18. Montag

Das Herrliche hat die Wahrheit, daß sie uns Blick und Brust öffnet und uns ermutigt, auch in dem Felde, wo wir zu wirken haben, auf gleiche Weise umher zu schauen und zu erneutem Glauben frischen Atem zu schöpfen.

19. Dienstag

Es gibt keine Lage, die man nicht veredeln könnte durch Leisten oder Dulden.

20. Mittwoch

Eine alte Gewohnheit legt sich so leicht nicht ab, und eine Richtung, die wir früh genommen, kann wohl einige Zeit abgelenkt, aber nie ganz unterbrochen werden.

21. Donnerstag

Keiner verrät dem andern die Handgriffe einer Kunst oder eines Handwerks, geschweige denn die vom Leben.

22. Freitag

Die Schwierigkeiten wachsen, je näher man dem Ziele kommt.

23. Samstag

Die Menschen treffen viel mehr zusammen in dem, was sie tun, als in dem, was sie denken.

24. Sonntag

Überall findet sich etwas zum Freuen, Lernen und Tun.

25. Montag

Keine Nation gewinnt ein Urteil, als wenn sie über sich selbst urteilen kann.

26. Dienstag

Das Leben gehört den Lebendigen an, und wer lebt, muß auf Wechsel gefaßt sein.

27. Mittwoch

Es ist keine Kunst, eine Göttin zur Hexe, eine Jungfrau zur Hure zu machen; aber zur umgekehrten Operation: Würde zu geben den Verschmähten, wünschenswert zu machen das Verworfene, dazu gehört entweder Kunst oder Charakter.

28. Donnerstag

Die Gegenwart einer jeden Würde weist den andern auf sich selbst zurück.

AM NEUEN ORT

BEDINGUNGEN

Die Leichtigkeit besticht. – Eine Geselligkeit, scheinbar schwerelos, scheinbar ohne Anspruch und Prätension. Nichts als ein lockeres Hin und Her der Blumen, Briefe und Früchte, ein freundlicher Austausch der Journale, Noten und Bücher, eine heitere Runde um den gastlichen Tisch, vereint in Gespräch, Theaterspiel und Musik. Mühelos, schwerelos! – sichtlich jenseits aller Arbeit und Anstrengung! Goethe aber hatte – seit November 1775 Gast in Weimar – im Haus des Kammerpräsidenten von Kalb, wo er zunächst abgestiegen war, sieben Diener mit wohl dosiertem Trinkgeld zu bedenken, und zu Carl Augusts fürstlichem Gefolge zählten »neben einem Kammer- und einem Hoffourier drei Hofkammerdiener, siebzehn Hoflakaien, ein Kammer- und drei Hofheiducken«, allesamt »dienende Hände«, die hinter den Kulissen in Gang hielten, was ohne ihr Wirken ins Stocken geraten wäre. – 1779 ritt der Herzog, in Goethes und Baron Wedels Gesellschaft, quer durch Deutschland in die Schweiz. Inkognito, bewußt ohne Aufwand und frei von höfischer Allüre, jedoch: fünf Dienern, auch sie beritten, war die Wohlfahrt der Herren anvertraut. – Und 1775 brachte Goethe selbstverständlich, zu seiner persönlichen Betreuung, aus dem Elternhaus den Diener mit.

»DIE VIDIMIERTE KOPIE«

Karl von Lyncker, 1775 – Ich wurde dem Doktor Goethe bald nach seiner Ankunft in Weimar bei der Oberstallmeisterin von Stein vorgestellt. Seine steife Haltung, die enge Bewegung seiner Arme und sein Perpendikulargang fielen allgemein auf. Spaßhaft genug hatte ihm das Schicksal einen Bedienten, nur unter dem Namen Philipp bekannt, zugeführt, der obgleich etwas kleiner, fast die gleiche Gestalt mit ihm hatte und seine Bewegungen so treu nachahmte, daß man oft versucht war, ihn von weitem für Goethe selbst zu halten.

Philipp Seidel, »Goethes vidimierte Kopie«, wie ihn die Weimarer belustigt nannten, kam wie sein Herr aus Frankfurt. 1755 dort geboren, Sohn eines Spenglers, früh Halbwaise. Daher eine bedrängte, karge Jugend, doch trotz geringer Vorbildung fähig, da und dort, in einigen der guten Familien als Lehrer zu fungieren. Cornelia Goethe gehörte zu seinen Schülerinnen. Auch dem Herrn Rat leistete Philipp Schreiberdienste. Daneben kopierte er die Arbeiten des Haussohns, der den flinken Burschen immer enger an sich zog und ihn schließlich als Kammerdiener mit nach Weimar nahm, wo er, begabt und stetig aufsteigend, in die Rolle des Sekretärs, des Haushofmeisters und Agenten hineinwuchs. Die beiden jungen Männer waren viel miteinander unterwegs, sie teilten die Schlafkammer, durchschwatzten die Nächte. Goethe diktierte Briefe und Teile der poetischen Texte, Philipp öffnete und erledigte Post, verwaltete die Kasse und organisierte den komplizierten Haushalt des jungen Legationsrates. In dem ersten Weimarer Jahrzehnt müssen wir uns diesen Diener als den Menschen denken, der Goethes ganzes Vertrauen besaß, der am genauesten wußte, wie seinem Herrn zumute war, was ihn freute, was ihn quälte. – Ein einzigartiges Verhältnis, frei von Anmaßung und Dünkel, getragen von Großmut, Offenheit und Treue. Für Goethe bei seinen vielerlei und oft auch delikaten Geschäften eine wahre Entlastung; für Philipp Seidel die Befreiung aus Armut und Enge und die intensiv genossene Teilnahme an einem großen Leben. – Als Cornelia Goethe im November 1773 heiratete, hatte sie ihrem Lehrer zum Abschied ein silbernes Petschaft geschenkt, mit der Devise: »La liberté fait mon bonheur«, erläutert durch das Emblem vom Vogel, der seinem Käfig entflieht. Seidel hat dieses Petschaft, auch nach dem Bruch mit Goethe, bis an sein Lebensende benutzt.

Gartenpforte am Stern

Philipp Seidel, 23.11.1775 – Nein, in dieser seligen Lage [kurz nach der Ankunft in Weimar] muß ich dir schreiben, lieber Bruder! Da kopier ich einen Roman, von welchem der Verfasser mein Herr ist. Ich bin darin an einer Stelle, die mich wahrhaft himmlisch entzückt, und in dieser Lage will ich dir schreiben, obwohl ich gleich sehr getrieben werde, es fertig zu machen.

Wieland, März 1776 – Goethe hat sich ein Haus gemietet, das wie eine kleine Burg aussieht, und es macht ihm großen Spaß, daß er mit seinem Philipp ganz allein sich im Notfall etliche Tage gegen ein ganzes Korps darin wehren könnte, insofern sie ihm das Nest nicht überm Kopf anzünden.

Philipp Seidel, November 1776 – Am Freitag waren wir auf der Redoute. Da gefiel mirs. Es gab allerlei artig Zeug. Die Nacht schliefen wir also nicht. Erst die folgende legten wir uns. Wir schlafen nun mit dem Herrn zu dreyen in einer Kammer. Da kamen wir ins Gespräch aus einem ins andere bis zu allen Teufeln: von Liebesgeschichten bis zur Insel Corsica. – Im Oktober 1777 – Lieber Freund, ich habe so viele Freude über unsere Lebensart, gib nur einmal acht, wie das weiter geht und – oder mein prophetisches Gefühl müßte mich betrügen – ob wir nicht die Ahnherrn eines Dörfgens, einer Vorstadt oder einer Burg wenigstens werden, und man nicht nach ein paar hundert Jahren sagen wird, da geht Goethes und Phillips Geist um, einander umschlungen führend. O daß ich meine Seele aushauchen könnte in Liebe zu diesem Mann und würdig wäre, dem Gott zu danken, der mir so viele Seligkeit bei ihm zu kosten gibt.

Philipp blieb nicht lange allein in Goethes Dienst. Bereits im Dezember wird Christoph Sutor, ein Bäckerssohn aus Erfurt, als zweiter Diener, Dorothea Wagenknecht für die Küche, Maria Dorothea Götze zur Hausarbeit, ihr Sohn, der sechzehnjährige Paul Götze, als Laufjunge eingestellt. Gärtner, Taglöhner, Wasch-, Bügel- und Nähfrauen ergänzen, im Stundenlohn engagiert, das Personal des jungen Legationsrats. – Ein weitläufiger Haushalt, den Seidel zu organisieren, für dessen Mitglieder er umsichtig zu sorgen hat. Sich selbst vergißt er nicht. Erstaunt liest man, daß Leckereien, die er schleckt, daß der Tabak, den er raucht, Geschenke, die er macht, zu Goethes Lasten gehen. Ohne Scheu schreibt er an, wenn es ihm Spaß machte, »ein Trampeltier zu sehen«; an fünf Abenden vertanzt er hintereinander 35 Groschen; er leiht ein Klavier, legt einen Garten zum eigenen Vergnügen an, sammelt Kupferstiche, besorgt sich Shakespeares Werke und vierzehn Bände Klassiker. Goethe bezahlt alles, »samt den Pappen zu meinen Kupfern«. Goethe zahlt auch, wenn im Kontobuch lakonisch das Wörtchen »verthan« ohne jede nähere Erklärung auftaucht. Die Kaufkraft eines Geldstücks abzuschätzen, ist immer schwierig. Ein Groschen wurde jedenfalls noch zu 12 Pfennigen gerechnet, der Taler hatte 24 Groschen. Ein Brot oder ein Liter Milch kosteten 4 Pfennige, ein Pfund Rindfleisch 2 Groschen, das Schock Eier 6 Groschen. Für die Anfertigung eines Paars Schuhe hatte man 2 Taler, für die eines Anzugs etwa 9 Taler anzulegen.

Voranschlag	1781	1782	1783
A. Almosen	30 Tl	30Tl	34 Tl

Ich halte mit Zachäus einen Zehntel für billig. Aber Sie geben ihn jetzt reichlich, denn wir müssen, was in den übrigen Buchstaben stickt, auch rechnen.

B. Wäsche	20 Tl	20 Tl	25 Tl

Wollen Sie dem Christoph und dem Götze erlauben, ihre Wäsche mit in die Ihre zu tun? – Es wird jährlich 12mal gewaschen.

Die 3 Wäscherinnen erhalten à 8 gr	12 Tl
Für das Rollen à 1 gr 6 pfg	2 Tl 6 gr
Die Bieglerinnen überhaupt	5 Tl

NB. Alle ohne Kost, nur die Wäscherinnen kriegen eine Suppe, Seife, Lakmus, Stärke. 5 Tl

Küche in Goethes Gartenhaus

C. Porto	40 Tl	40 Tl	50 Tl

Soll künftig wegen der Unterschleife der Postillionen in ein Büchlein aufnotiret und vierteljährig ans Postamt bezahlt werden.

D. Meubles	30 Tl	5 Tl	20 Tl
E. Kleidung	100 Tl	150 Tl	100 Tl

Machen Sie eine Einrichtung über die abgelegten Kleider. Sie sollten diese von Zeit zu Zeit verkaufen. Wenn Sie Christoph alles schenken, so wäre es unproportionierlich.

F. Bücher	10 Tl	20 Tl	20 Tl
G. Ord. Ausg.	140 Tl	360 Tl	350 Tl
H. Außerord.	70 Tl	53 Tl	38 Tl
I. Keller	200 Tl	150 Tl	94 Tl
K. Küche	300 Tl	350 Tl	350 Tl

Nemlich 200 Tl für Sie und 100 Tl für uns.

L. Lichte	20 Tl	20 Tl	35 Tl
M. Garten	100 Tl	10 Tl	10 Tl
N. Gesinde	160 Tl	180 Tl	260 Tl

Hieraus ist zu ersehen, daß zwei gute Mägde für einen Bedienten zu halten wären, ungerechnet was so ein Weibsbild im Hause noch nützt.

Jahresabschluß	1781	1782	1783
Einnahmen	1946 Tl	3364 Tl	2727 Tl
Ausgaben	1625 Tl	3054 Tl	2595 Tl

Walter Schleif weist in »Goethes Diener«, einer überaus gründlichen Untersuchung der Goetheschen Haushaltsführung, darauf hin, daß auch hier Planung und Realisation nur im Ungefähren übereinstimmen. – Wie einst Rat Goethe glich auch der Sohn das Defizit aus Sonderkassen aus.

1. Freitag
Doch der den Augenblick ergreift,
Das ist der rechte Mann!

2. Samstag
Was wir von der Natur sehen, ist Kraft, die Kraft verschlingt, nichts gegenwärtig, alles vorübergehend, tausend Keime zertreten, jeden Augenblick tausend geboren, groß und bedeutend, schön und häßlich, gut und bös, alles mit gleichem Rechte nebeneinander existierend.

Aufwärmeküche im Haus am Frauenplan

3. Sonntag
Des Freundlichen ist viel auf Erden.

4. Montag
Laßt alle nur mißgönnen,
Was sie nicht nehmen können,
Und seid von Herzen froh:
Das ist das A und O.

5. Dienstag
Ein Großer kann Freunde haben, aber nicht Freund sein.

6. Mittwoch
Man soll nur sein Arbeiten so gut und so mannigfaltig machen, als man kann, damit sich jeder etwas auslese und auf seine Weise daran teilnehme.

7. Donnerstag
Was klagst du über Feinde?
Sollten solche je werden Freunde,
Denen das Wesen wie du bist
Im stillen ein ewiger Vorwurf ist?

8. Freitag
Daß dein Leben Gestalt, dein Gedanke Leben gewinnt,
Laß die belebende Kraft stets auch die bildende sein.

9. Samstag
Jede Produktivität höchster Art, jedes bedeutende Aperçu, jede Erfindung, jeder große Gedanke, der Früchte bringt, steht in niemandes Gewalt und ist über aller irdischen Macht erhaben.

10. Sonntag

Allein bei Freunden läßt man frei sich gehen,
Man ruht in ihrer Liebe, man erlaubt
Sich eine Laune, ungezähmter wirkt
Die Leidenschaft, und so verletzen wir
Am ersten die, die wir am zärtsten lieben.

11. Montag

Wenn einem Autor ein Lexikon nachkommen kann, so taugt er nichts.

12. Dienstag

»Ruf ich, da will mir keiner horchen;
Hab ich das um die Leute verdient?«
Es möchte niemand mehr gehorchen,
Wären aber alle gern gut bedient.

13. Mittwoch

Alles, was den einen Menschen interessiert, wird auch in dem andern einen Anklang finden!

14. Donnerstag

Wenn das Herz freiwillig das Gute annehmen kann, so findet es sich immer eher, als wenn man es ihm aufdringen will.

15. Freitag

Allein der Vortrag macht des Redners Glück.

16. Samstag

Ämtchen bringen Käppchen,
Ämtchen bringen Läppchen;
Reißen oft die Kappen
Und das Kleid in Lappen.

17. Sonntag

Prüft das Geschick dich, weiß es wohl warum:
Es wünschte dich enthaltsam. Folge stumm.

18. Montag

Eine Seele kann auf die andere durch bloße stille Gegenwart einwirken.

19. Dienstag

Verhältnisse nach außen machen unsere Existenz und rauben sie zugleich, und doch muß man sehen, wie man so durchkommt.

20. Mittwoch · Frühlingsanfang

Der Frühling webt schon in den Birken
Und selbst die Fichte fühlt ihn schon;
Sollt er nicht auch auf unsre Glieder wirken?

21. Donnerstag

Welche Frau hat einen guten Mann,
Der sieht mans am Gesicht wohl an.

22. Freitag · Goethes Todestag (1832)

Hätt ich gezaudert zu werden
Bis man mirs Leben gegönnt,
Ich wäre noch nicht auf Erden –
Wie ihr begreifen könnt,
Wenn ihr seht, wie sie sich gebärden,
Die, um etwas zu scheinen,
Mich gerne möchten verneinen.

23. Samstag

Willst du viele befrein, so wag es, vielen zu dienen.
Wie gefährlich das sei, willst du es wissen? Versuchs!

24. Palmsonntag

Im Innern ist ein Universum auch;
Daher der Völker löblicher Gebrauch,
Daß jeglicher das Beste, was er kennt,
Er Gott, ja seinen Gott benennt.

25. Montag

Dich im Unendlichen zu finden,
Mußt unterscheiden und dann verbinden.

26. Dienstag

Altes Fundament ehrt man, darf aber das Recht nicht aufgeben, irgendwo wieder einmal von vorn zu gründen.

27. Mittwoch

Kein Mißbilligen, kein Schelten macht die Liebe tadelhaft.

28. Gründonnerstag · Passah Anfang

Die natürliche Religion ruht auf der Überzeugung einer Vorsehung, welche die Weltordnung im ganzen leitet.

29. Karfreitag

Was aber geschrieben steht, es steht deswegen da, damit es immerfort erfüllt werde.

30. Samstag

Ich bin überzeugt, daß die Bibel immer schöner wird, je mehr man einsieht, daß jedes Wort, das wir allgemein auffassen und im besonderen auf uns anwenden, nach Zeit- und Ortsverhältnissen einen eigenen, besondern, unmittelbar individuellen Bezug gehabt hat.

31. Ostersonntag

Christ ist erstanden
Aus der Verwesung Schoß!
Reißet von Banden
Freudig euch los!
Tätig ihn Preisenden,
Liebe Beweisenden,
Brüderlich Speisenden,
Predigend Reisenden,
Wonne Verheißenden,
Euch ist der Meister nah,
Euch ist er da!

EIN KOMPLIZIERTES RÄDERWERK

Wer das erste Knopfloch verfehlt, kommt mit dem Zuknöpfen nicht zu Rande.

Maximen und Reflexionen 900

Abgesehen von dem »Chirurgen«, der allmorgendlich zum Rasieren und dem Friseur, der ein- bis zweimal in der Woche zum Schneiden und Ondulieren des Haars auftauchte, zählte Goethes Haushalt (mehr als ein Jahrzehnt energisch von Philipp Seidel dirigiert) fünf im festen Sold stehende Dienstboten. Die Zahl blieb, auch nach dem Umzug aus dem Gartenhaus in die geräumige Wohnung am Frauenplan, mehr oder weniger konstant. – Als Goethe sich allerdings 1799 anschickte, Pferd und Wagen zu halten, trat ein Kutscher, traten bei Bedarf Jungfer und Kindermädchen hinzu. Ebenso sah sich Goethe gezwungen, da die Diener Stadelmann und Krause nicht wie Seidel, Götze oder Geist den Anforderungen der Schreibstube gewachsen waren, zusätzlich erfahrene Schreiber wie John, Kräuter oder Färber einzustellen. – Eine überaus kostspielige Menage! Bei freier Wohnung und Kost erhielten Diener und Kutscher je 50 Taler, Köchin und Jungfer waren mit 30, die Haus- und Kindermädchen mit ca. 20 Talern zu entlohnen. Ein Schreiber aber erwartete zumindest 80 Taler. Biergeld und Geschenke für alle kamen hinzu. – Zudem ließ Goethe, der seine Leute adrett zu sehen wünschte, seit 1782 beim herzoglichen Leibschneider Hauenschild, alle zwei Jahre, aus grünem oder grauem Tuch, seidengefüttert und goldbeknöpft, für Diener und Kutscher je eine gute Livree zu 20 Tl und eine einfachere für 13 Tl anfertigen. Dazu gehörten Hut und eine »Veste mit Ermeln«, für 2 bis 3 Tl extra. Der Kutscher hatte außerdem Anspruch auf Umhang und Fuchspelz. Ein hohes Maß an Toleranz und Disziplin, an Offenheit und Diskretion, an Zuneigung und respektvoller Distanz scheint das komplizierte Gefüge dieser Haushaltung, die Familienwohnung, Ort bewegtester Geselligkeit und im innersten Bezirk noch dazu eine Dichterwerkstatt und die Kanzlei einer Behörde war, im Gleichgewicht gehalten zu haben.

Heinrich Voß, Mai 1804 – Die Art, wie Goethe die Menschen betrachtet und demgemäß mit ihnen umgeht, ist ganz die eines kontemplativen Naturforschers. Er betrachtet die Menschen als Naturprodukte, und wie könnte er sich da über den Makassarischen Giftbaum oder eine Kröte ärgern? Kein Mensch verdrießt ihn, wenn er einen bestimmten Charakter hat. Er denkt, so hat ihn einmal der liebe Gott, der von allen Arten etwas gibt, geschaffen; und ist er nicht positiv, so ist er doch negativ zum allgemeinen Heil notwendig.
Freilich, so gern auch Goethe jeden Menschen in seiner Haut läßt, so ist er doch gegen Schlechtigkeit und Intoleranz intolerant, sobald es zu handeln gilt. Wenn ein Klotz im Wege steht, so wird er beiseite geschafft, und je hartnäckiger der Widerstand, desto heftiger die Gewalt, ihn fortzuschaffen. – Kein Charakterloser findet Gnade vor seinen Augen. Die Losung »er ist doch ein guter Mensch« ist ihm unausstehlich. Wehe dem, der sein Zutrauen durch Trägheit, hartnäckiges Stillestehen oder gar durch Scheinsucht statt reellem Wert zu täuschen beginnt. Anfangs ist er noch schonend und sucht in das Bessere zurückzulenken. Hilft das nichts, so wird er zornig und wendet sein Antlitz auf ewig …

Goethes Arbeitszimmer

»O ich kann wohl auch bestialisch sein«, sagte Goethe im April 1824 zu Kanzler Müller, »und verstehe mich gar sehr darauf, aber es ist doch verdrüßlich, die rauhe Seite herauskehren zu müssen.«

Bei diesen Worten hatte er allerdings nicht an seine Hausgenossen gedacht, sondern an die scharfe Zunge Geheimrat Wolfs, des berühmten und von ihm im übrigen hoch geschätzten Philologen, der aber, wie Goethe sich ausdrückte, stets ins Haus wie »ein beißiger Hund, wie ein reißendes Ungetüm« trete. Doch auch der Köchin Hoyer Launen oder des Kutschers Gensler lästiges Gezänk, die seine Arbeitsruhe und den Frieden am Frauenplan nachhaltig störten, konnten ihn dazu treiben, sich plötzlich und mit großer Heftigkeit zu trennen, wobei er sich nicht scheute, die Hilfe der Polizei in Anspruch zu nehmen. – Dem Untergebenen aber, der

sich bewährte, galt nicht nur sein Dank, sondern er mühte sich redlich, ihm durch wohldurchdachte Empfehlungen, gelegentlich auch durch kleinere Darlehen, vor allem aber durch den Übergang vom privaten in den öffentlichen Dienst fortzuhelfen. Diese »Beförderungen« – ernsthaft erwogen und selbst zu Lasten gut eingespielter eigener Arbeitsbehaglichkeit – waren in der sachlichen Erkenntnis entriert, daß Energie und Talente, daß die zupackende Tüchtigkeit etwa eines Seidel, Sutor oder Götze eine Erweiterung ihrer Existenz verdienten, daß sie – innerhalb der überaus schmalen Weimarer Grenzen – Selbständigkeit und ein halbwegs gutes Fortkommen fordern durften.
Menschen indignierten ihn dann und wann wohl, erklärte er Riemer im Juni 1807, aber Sachen fänden ihn immer entschlossen!

Th. Kräuter an Gräfin v. Hopfgarten, 26.1.1821 – Im Größten wie im Kleinsten bleibt sich Goethe gleich, erläutert Kräuter, einer der besten Schreiber in Goethes Kanzlei, und versicherte der Dame, daß Goethe nur Federn nutze, die auf das genaueste den Schreibfedern glichen, die er diesem Brief beilege. [Unter der Hand betrieb er, wie Goethes Friseur mit des Dichters abgeschnittenen Locken, einen schwunghaften Handel mit Goethes Schreibutensilien!] – Die Federn, schreibt Kräuter weiter, dürften weder zu lang noch zu kurz beschnitten sein und einen »Busch« könne Exzellenz gar nicht leiden. – Im übrigen sei der große Mann stets bemüht, selbst noch dem geringsten Gegenstand »Eleganz, Nettigkeit und ein gefälliges Aussehen« zu verleihen. So müsse er, Kräuter, bei den Briefen, ganz gleich, ob an

Vornehm oder Gering, ringsum einen breiten, gefälligen Rand lassen, und er ernte jedesmal ein Lob, wenn es ihm glücke, den Brief so einzuteilen, daß alle Seiten gleich voll beschrieben seien. Alles wird unter Goethes Händen zu einem Bilde. Den Brief versteht nur er mit dem Falzbein zierlich zu brechen; das Tintenfaß darf nie zu voll sein, die Feder taucht er mit Vorsicht ein, kein Tropfen darf daneben fallen, das Geschriebene abzusanden, ist streng verboten – lieber stellt sich der Dichter damit eine Weile an den Ofen. Mit gleicher Eleganz siegelt er alle Briefe, und damit das gebrochene Blatt zu dem Couvert genau passe, muß der Buchbinder das Papier mit großer Akkuratesse beschneiden.

Goethes Tintenfaß

Einen Vorrat quadratzollgroßer Blättchen hält er deswegen, um in jedem Brief eins auf die Stelle zu legen, wo das Siegel aufgedrückt wird. Damit will er vermeiden, daß der Siegellack, im Fall das Couvert etwas knapp sein sollte, das beschriebne Blatt mit anklebe. Und das geschieht mit soviel Gewandtheit, Ruhe und Anstand, daß ich Goethe nur zu bewundern habe. Wie er nun gewöhnt ist, immer einzelne Worte vor sich hin zu sprechen oder zu brummen, so höre ich meist bei solchen Gelegenheiten ein: »Nur still!« – »Nur ruhig!« pp. Einzelne Blätter finden Sie bei ihm nie lose herumliegen. Wenn Sie nirgends hinpassen, so klebt er von einem Bogen Papier eine Kapsel, macht eine Aufschrift darauf, und nun erst werden sie abgelegt …

Tut ein Schilf sich doch hervor,
Welten zu versüßen!
Möge meinem Schreibe-Rohr
Liebliches entfließen!

Westöstlicher Divan, Buch des Sängers

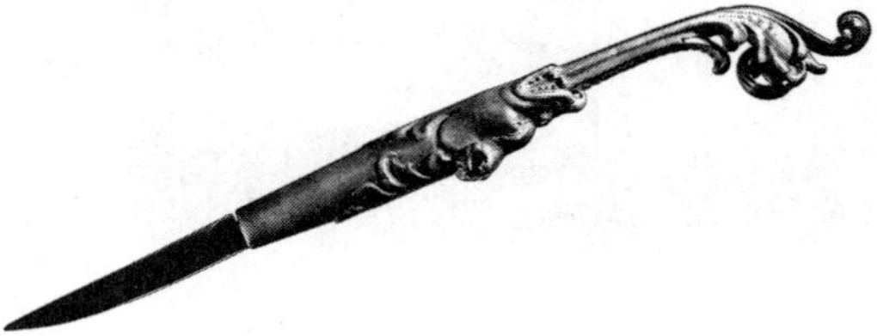

1. Ostermontag

Blumen sind die Hieroglyphen der Natur, mit denen sie andeutet, wie lieb sie uns hat.

2. Dienstag

Manches Herrliche der Welt
Ist in Krieg und Streit zerronnen;
Wer beschützet und erhält,
Hat das schönste Los gewonnen.

3. Mittwoch

Die Kunst stellt nicht Begriffe dar, aber die Art, wie sie darstellt, ist ein Begreifen, ein Zusammenfassen des Gemeinsamen und Charakteristischen, das heißt der Stil.

4. Donnerstag · Passah Ende

Der geringste Mensch kann komplett sein, wenn er sich innerhalb der Grenzen seiner Fähigkeiten und Fertigkeiten bewegt; aber selbst schöne Vorzüge werden aufgehoben und vernichtet, wenn jenes Ebenmaß abgeht.

5. Freitag

»Sag mir, worauf die Bösen sinnen!«
Andern den Tag zu verderben,
Sich den Tag zu gewinnen;
Das, meinen sie, heiße erwerben.

6. Samstag

In der Jugend die Vorzüge des Alters gewahr zu werden, im Alter die Vorzüge der Jugend zu erhalten, beides ist nur ein Glück.

7. Sonntag

Nur durch frische Tätigkeit sind Widerwärtigkeiten zu überwinden.

8. Montag

Wir sind naturforschend Pantheisten, dichtend Polytheisten, sittlich Monotheisten.

9. Dienstag

So hoch die Nase reicht, da mags wohl gehen,
Was aber drüber ist, können sie nicht sehn.

10. Mittwoch

Und nun sei ein heiliges Vermächtnis
Brüderlichem Wollen und Gedächtnis:
Schwerer Dienste tägliche Bewahrung,
Sonst bedarf es keiner Offenbarung.

11. Donnerstag

Einzeln stechen auch die Mücken,
Braucht nicht gleich ein ganzes Heer.

12. Freitag

Das Schicksal sorgt für die Liebe, und um so gewisser, da Liebe genügsam ist.

13. Samstag

Wenn ich mal ungeduldig werde,
Denk ich an die Geduld der Erde,
Die, wie man sagt, sich täglich dreht
Und jährlich so wie jährlich geht.
Bin ich denn für was andres da? –
Ich folge der lieben Frau Mama.

14. Sonntag

Kein organisches Wesen entspricht ganz der Idee, die zugrunde liegt, hinter jedem steckt die höhere Idee. Das ist mein Gott, das ist der Gott, den wir alle ewig suchen und zu erschauen hoffen, aber wir können ihn nur ahnen, nicht schauen!

15. Montag

Eine richtige Antwort ist wie ein lieblicher Kuß.

16. Dienstag

Frömmigkeit ist kein Zweck, sondern ein Mittel, um durch die reinste Gemütsruhe zur höchsten Kultur zu gelangen.

17. Mittwoch

Wenig fruchtet ein Dritter, wenn es zwischen zwei nah verbundenen Personen nicht ganz im Gleichgewicht steht.

18. Donnerstag

Die Vernunft ist grausam, das Herz ist besser.

19. Freitag

Der liebt nicht, der die Fehler des Geliebten nicht für Tugenden hält.

20. Samstag

Wenn ich ein Frauenzimmer kennenlerne, gebe ich nur darauf acht, wo sie herrscht. Ich finde durchgängig: die Tätige, zum Erwerben, zum Erhalten Geschaffene, ist Herr im Hause; die schöne, leicht und oberflächlich Gebildete, Herr in großen Cirkeln; die tiefer Gebildete beherrscht die kleinen Kreise.

21. Sonntag
Wer die Natur als göttliches Organ leugnen will, der leugne nur gleich alle Offenbarung.

22. Montag
Niemand bedenkt leicht, daß uns Vernunft und ein tapferes Wollen gegeben sind, damit wir uns nicht allein vom Bösen, sondern auch vom Übermaß des Guten zurückhalten.

23. Dienstag
Eine nachgesprochene Wahrheit verliert schon ihre Grazie, aber ein nachgesprochener Irrtum ist ganz ekelhaft.

24. Mittwoch
Doch was der Mensch auch ergreife und handhabe, der einzelne ist sich nicht hinreichend, Gesellschaft bleibt eines wackeren Mannes höchstes Bedürfnis.

25. Donnerstag
Es gibt Menschen, die auf die Mängel ihrer Freunde sinnen; dabei ist nichts zu gewinnen. Ich habe immer auf die Verdienste meiner Widersacher acht gehabt und davon Vorteil gezogen.

26. Freitag
Gesinnungen sind selten liberal, weil sie unmittelbar aus der Person, ihren Beziehungen und Bedürfnissen hervorgehen.

27. Samstag
Sollen dich die Dohlen nicht umschrein,
Mußt nicht Knopf auf dem Kirchturm sein.

28. Sonntag

Der alte Winter, in seiner Schwäche,
Zog sich in rauhe Berge zurück.
Von dorther sendet er, fliehend, nur
Ohnmächtige Schauer körnigen Eises
In Streifen über die grünende Flur;
Aber die Sonne duldet kein Weißes:
Überall regt sich Bildung und Streben,
Alles will sie mit Farben beleben.

29. Montag

Ein wohlausgedachter Plan, wenn er ausgeführt dasteht, läßt alles vergessen, was die Mittel, um zu diesem Zweck zu gelangen, Unbequemes mögen gehabt haben.

30. Samstag

Gar freundliche Gesellschaft leistet uns
Ein ferner Freund, wenn wir ihn glücklich wissen.

Goethe an Seidel · Karlsbad, 13.8.1786 – Noch hat sich nichts zugetragen, das mich am Ausführen meines Planes hindern könnte. Gegen Ende des Monats werde ich die Reise antreten. – Am 2. September – ... wenn ich alles überlege, kann ich dir keine frühere Adresse als nach Rom angeben. Du schreibst mir aber nicht dorthin und leugne übrigens alles gegen alle. Aus meinem Mund weiß *niemand* ein Wort [von seiner Italienreise]. – Verona, 18. September – Es ist mir alles alles nach Wunsch geglückt. Von Venedig erhältst du wieder einen Brief ... Es ist mir eine gute Übung, allein zu sein, da ich alles selbst tun muß, nachdem ich mich so lange habe gängeln und bedienen lassen. – Rom, 4. November – Ich bin glücklich hier angelangt, schicke mir nun alles, was du an Nachrichten gesammelt hast. Den 9. Dezember – Du hast deine Sache gut gemacht, deine Relation ist recht brav, und ich freue mich deines Wohlseins.
Neapel, 3. März 1787 – Glücklich hier angekommen und den Vesuv schon bestiegen. – Den 15ten May – Übrigens bleibe ja dabei und ich fordere dich dazu auf, mir über alles, was mich selbst angeht, deine Meinung unverhohlen, ja ohne Einleitung und Entschuldigung zu sagen. Ich habe dich immer als einen meiner Schutzgeister angesehen, werde nicht müde, dieses Ämtchen auch noch künftig beyher zu verwalten. – Rom, 18. August – Soviel kann ich dir sagen, daß deine Gedanken sehr mit den Meinigen zusammtreffen, ja bis auf geringe Modifikationen dieselben sind. – Ich wünschte, daß unsere gegenwärtige Korrespondenz alles wegheben möge, was zwischen einem unbedingten wechselseitigen Vertrauen stehen könnte, denn ich hoffe, du sollst

mir bei meiner Zurückkunft und in der Folge mehr werden, als du mir jemals warst. Leb wohl, liebe mich und grüße die Liebenden. – Rom, 18. April 1788 – Den 22. oder 23. geh ich von hier ab und hoffe, bald bei euch zu sein. Ich wünschte, daß du die erste Zeit im Hause bliebst, bis ich mich wieder gefunden habe …

Noch vor dem Aufbruch nach Italien hatte Goethe durchgesetzt, daß Philipp Seidel als Cammer-Calculator in das Rechnungsdepartement der Regierung übernommen wurde. Eine Sicherung seiner Existenz, ein Aufstieg, den dieser fähige Mann verdiente, eine Stellung, für die er seit Jahren durch die intensive Zusammenarbeit mit Goethe vorbereitet war. – Dieser hatte, Seidels praktische Fähigkeiten nutzend und weiterentwickelnd, ihn zunehmend auch mit der Erledigung kniffliger, Verschwiegenheit und Delikatesse erfordernder Geschäfte, betraut. – Diskret verwaltet Seidel fortan den Wohltätigkeitsfond seines Herrn; er sorgt für Lenz, den »lahmen Kranich«, der halb zerrüttet in Weimar auftauchte; er eskortiert ein unglückliches Prinzenliebchen zurück nach Paris; erstellt eine Reihe intelligenter Gutachten und arbeitet an den Ilmenauer Bergwerksproblemen mit, errichtet für bedürftige Soldatenkinder eine Spinn- und Strickschule und reorganisiert die bestehende Weimarer Garnisonsschule nach bewährtem Frankfurter Modell. – In jeder Situation beweist er Sinn für Zweck und Proportion. Was er angreift, gelingt! – Nur der Kasten, von Goethe noch von Venedig aus dringlich Seidels Aufmerksamkeit empfohlen, blieb ungeöffnet am Frauenplan stehen, und das sorgsam darin verpackte Reisetagebuch, in alter Zuneigung und zur Beschwichtigung ihres Grolls ob seiner

»Flucht«, auf dem Weg von Karlsbad nach Venedig geschrieben, erreichte Charlotte von Stein mit ärgerlicher Verspätung. – Ein Lapsus, peinlich, von den Biographen meist als »Zufall und banal« abgetan – vielleicht aber doch bei diesem Mann, »der alles richtig macht«, eine Spur Rankūne, Zeichen versteckter Eifersucht? – Goethe jedenfalls schreibt Wochen später, am 23. Februar 1787, ungewohnt streng, an Seidel:

»Noch ein Wort! Ich kann nicht billigen, daß du der Frau von Stein nicht nähere Auskunft wegen des Kastens [mit dem Tagebuch] gabst. Ich bin dadurch auf einige Zeit in Sorge geraten. Wo man aufklären auch in Kleinigkeiten kann, soll man es ja und bald tun. Ich gebe diese Lehre und Ermahnung dir und mir, in dem ich dies schreibe.«

Charlotte von Stein · Kreidezeichnung von Goethe, 15. März 1777 (Weimar)

Jedoch von dieser Verzögerung abgesehen, die gewollt-ungewollt den Riß zwischen Goethe und Charlotte von Stein vertiefte, kam Seidel allen Goetheschen Wünschen mit gewohnter Sorgfalt nach. Er verwaltete dessen Besitz, verfolgte vor allem – für Goethe äußerst wichtig! – mit angespannter Aufmerksamkeit das mühsame Zustandekommen einer ersten Sammel-Ausgabe des Goetheschen Werks, der »Schriften«, die in acht Bänden zwischen 1786 und 1790 bei Göschen in Leipzig erschienen. – Von Goethe autorisiert, vertrat Seidel dem Verleger gegenüber, wie das umfangreiche Dossier zeigt, die Interessen des Dichters höflich, klug, doch entschieden. – Da er, außer dem Herzog, als einziger von der »Flucht« seines Herrn gewußt hatte, auch als einziger durch Wochen dessen wechselnde Adressen kannte, wurde er für den Weimarer Freundeskreis der Mann des Vertrauens. Daß auch Goethe ihn so sah, beweist der Ton seiner Briefe. – Philipp Seidel durfte hoffen, daß er Goethe unentbehrlich geworden und zum Freund dieses außerordentlichen Mannes aufgerückt war. – Doch im Sommer 1788, als Goethe aus dem Süden heimkehrte und Philipp mit Nähe und Freundschaft rechnete, erschien, nur drei Wochen später, Christiane auf dem Plan. – »Frisch und kräftig blühend, kindlich und erquickend heiter« füllte sie rasch mit ihrer derben Gegenwart Haus und Leben seines Herrn. – Seidel widerfuhr (mutatis mutandis) Ähnliches wie der Baronin Stein. Schweigend, zutiefst verletzt zog er sich zurück.

Liebesqual verschmäht mein Herz,
Sanften Jammer, süßen Schmerz;
Nur vom Tüchtgen will ich wissen,
Heißem Äuglen, derben Küssen …

Goethe an den Herzog · Rom, 7.12.1787 – Nun noch ein Wort, das sich auf Ihre innere Wirtschaft bezieht: ich wünschte, Sie veranlaßten Schmidten, daß er Seideln näher prüfe – der Ihnen [als Cammer-Calculator seit dem Dekret vom 25.11.1785] nun schon eine Zeitlang in der Stille und im Kleinen dient – und sich selbst überzeuge, wie und wozu dieser Mensch brauchbar ist. Ich will ihn nicht allzu dringlich empfehlen, weil er der Meinige war und im edelsten Sinn mein Geschöpf ist; aber ich wünsche, daß man ihn kennenlerne. Wenn der Cammer-Verwalter B. abgeht, wird eine große Lücke erscheinen, die vielleicht weniger merklich wäre, wenn man einen solchen durchaus treuen, arbeitssamen, verständigen Menschen dazu vorbereiten ließe. Er kennt die Sachen gut und hat einen richtigen Blick ... Lassen Sie ihn prüfen, ich müßte mich sehr betrügen, wenn Sie in dieser Classe Menschen einen gleichen fänden.

An Seidel · Rom, 8.12.1787 – Wegen deiner hab ich an den Herzog geschrieben ... Ich habe gewissenhaft das Gute gesagt, was ich von dir denke.

An den Herzog · Rom, 25.8.1788 – Sollten Sie etwa den alten Bachmann zum Assessor machen, so gedenken Sie Seidels, den ich Ihnen schon empfohlen ...

An den Herzog · Weimar, 19.2.1789 – Sodann wird das hiesige Rentamt durch Rentsekretär Ws Retraite leer. Der Commissarius Seidel hat sich dazu gemeldet, man traut ihm die Fähigkeiten zu, für seine Redlichkeit bin ich Bürge ... Er kennt das Hockuspokus recht gut, wodurch man Cammer und Fürsten in ewigen Zweifeln und Dunkelheit zu halten weiß und selbst einiger Verlust an eignen Einkünften wird ihn abhalten, manches

Christiane · Nach einer Federzeichnung Goethes, 1788/89

zu entdecken, das auf die allgemeine Ordnung und Klarheit von nicht geringem Einfluß sein wird.

Im Mai 1789 avancierte Seidel zum Rentamtmann. Eine »Dienst-Caution« von 1000 Tl, die wie üblich zu hinterlegen war, vermittelte Goethe.

Seidel · Weimar, 30. Mai 1789 – So bekenne ich mich nicht nur zu dem erhaltenen Anlehn der 1000 thlr, welches ich zur Bestellung meiner Dienst-Caution bey Fürstl. Cammer würcklich verwendet habe, sondern verspreche auch, unter Verpfändung aller meiner Habe, Hochgedachtem Herrn Geheimenrath für diese Summe gerecht zu seyn und Hochdieselben wegen der geleisteten Expromission für Capitel und Interessen zu 4 pc. jederzeit zu vertreten und schadlos zu halten.

Seidel siegelte mit dem Petschaft, ihm einst beim Abschied aus Frankfurt von Cornelia, Goethes Schwester, geschenkt. – Der Vogel, der dem Käfig entflieht oder »La liberté fait mon bonheur«! –
Eine Freiheit, die in dieser Form weder Goethe noch Seidel erhofft, erstrebt, gewünscht hatten. Eine Situation: neu, vertrackt und unumkehrbar. Diener und Herr mühten sich jedoch redlich, mit dem bestürzend Unerwarteten zurechtzukommen. – Obwohl Seidel ostentativ bei Christianes fester Etablierung sein Haus verlassen hatte, läßt sichs Goethe nicht verdrießen, wie in Rom, des Herzogs Interesse für Seidel zu gewinnen und wird nicht müde, ihn, den Rentamtmann, ringsum weiter zu fördern, wie er den Diener gefördert hatte. Und Seidel wiederum ist bereit, trotz erhöhter Amtsbürden, Goethes persönliche Finanz- und Haushaltsprobleme wie bisher zu bedenken und geschickt zu erledigen. – Er kontrolliert, wie Walter Schleif nachweist, besonders in Goethes Abwesenheit Diener Sutors Kassenführung, prüft die vielerlei Keller-, Milch-, Rahm-, Garten-, Bau- und Theaterbüchelchen (auf deren penibler Führung Goethe bestand); entlohnt Handwerker, Nähmädchen, Taglöhner; schreibt selbst Christiane Taler- und Groschenbeträge bis zu »zwei Pfennigen für Zwirn und dito zwei Pfennigen für Stecknadeln« an, läßt sich auch, wie Sigrid Damm festhält, von Christiane attestieren:

»Einhundert vier Thaler zu meinem Vierteljahres Geld habe ich von dem Herrn Rentamtmeister Seidel richtig erhalten, worüber gebührend quitire. Weimar, den 22. Juni 1790«.

(Fortsetzung S. 58)

MAI

1. Maifeiertag

Süß, den sprossenden Klee mit weichlichen Füßen im Frühling
Und die Wolle des Lamms tasten mit zärtlicher Hand;
Süß, voll Blüten zu sehn die neulebendigen Zweige,
Dann das grünende Laub locken mit sehnendem Blick.

2. Donnerstag

Wir haben das unabweichliche täglich zu erneuernde grundernstliche Bestreben: das Wort mit dem Empfundenen, Geschauten, Gedachten, Erfahrenen, Imaginierten, Vernünftigen, möglichst unmittelbar zusammentreffend zu erfassen.

3. Freitag

Es ist ein großer Unterschied, ob ich lese zu Genuß und Belebung oder zu Erkenntnis und Belehrung.

4. Samstag

Wenn ein guter Mensch mit Talent begabt ist, so wird er zum Heil der Welt wirken, sei es als Künstler, Naturforscher, Dichter oder was sonst.

5. Sonntag
In der Liebe mag man nie Helfer und Gesellen.

6. Montag
»Willst dich nicht gern vom Alten entfernen?
Hat denn das Neue so gar kein Gewicht?«
Umlernen müßte man immer, umlernen!
Und wenn man umlernt, da lebt man nicht.

7. Dienstag
Vernünftiges und Unvernünftiges haben gleichen Widerstand zu erleiden.

8. Mittwoch
Was ich verstehe, versteh ich mir, was mir gelingt, gelingt mir für andere.

9. Donnerstag · Himmelfahrt
Jeder Baum, jede Hecke ist ein Strauß von Blüten, und man möchte zum Maienkäfer werden, um in dem Meer von Wohlgerüchen herumschweben und alle seine Nahrung darin finden zu können.

10. Freitag
Wen jemand lobt, dem stellt er sich gleich.

11. Samstag
Das Schlimmste, was uns widerfährt,
Das werden wir vom Tag gelehrt.
Wer in dem Gestern Heute sah,
Dem geht das Heute nicht allzu nah,
Und wer im Heute sieht das Morgen,
Der wird sich rühren, wird nicht sorgen.

12. Sonntag

Das wär' ein Gott, der nur von außen stieße,
Im Kreis das All am Finger laufen ließe!
Ihm ziehmt's, die Welt im Innern zu bewegen,
Natur in Sich, Sich in Natur zu hegen,
So daß, was in Ihm lebt und webt und ist,
Nie Seine Kraft, nie Seinen Geist vermißt.

13. Montag

Die glücklichsten Ereignisse werden doppelt selig empfunden, wenn sie uns in herrlicher Gegend gegönnt waren.

14. Dienstag

Es hört doch jeder nur, was er versteht.

15. Mittwoch

Von der Vernunftshöhe herab sieht das Leben einer bösen Krankheit und die Welt einem Tollhaus gleich …

16. Donnerstag

Alt-Tümer sind ein böses Ding,
Ich schätze sie aber nicht gering;
Wenn nur die Neu-Tümer, in allen Ehren,
Auch um so vieles besser wären.

17. Freitag · Jüdisches Wochenfest

Nichts in der Welt steht einzeln und irgend ein Wirksames muß nicht als Ende, sondern als Anfang betrachtet werden.

18. Samstag

Wohl ist alles in der Natur Wechsel, aber hinter dem Wechselnden ruht ein Ewiges.

19. Pfingsten

Pfingsten, das liebliche Fest, war gekommen; es grünten und blühten
Feld und Wald; auf Hügeln und Höhn, in Büschen und Hecken
Übten ein fröhliches Lied die neuermunterten Vögel;
Jede Wiese sproßte von Blumen in duftenden Gründen,
Festlich heiter glänzte der Himmel und farbig die Erde.

20. Pfingstmontag

Der Umgang mit Frauen ist das Element guter Sitten.

21. Dienstag

Der Mensch mag sich wenden, wohin er will, stets wird er auf jenen Weg wieder zurückkehren, den ihm die Natur vorgezeichnet hat.

22. Mittwoch

Hat einer Knechtschaft sich erkoren,
Ist gleich die Hälfte des Lebens verloren.

23. Donnerstag

Nicht allein das Angeborene, sondern auch das Erworbene ist der Mensch.

24. Freitag

Man hat Gewalt, so hat man Recht.
Man fragt ums Was und nicht ums Wie.

25. Samstag

Was man erfindet, tut man mit Liebe, was man gelernt hat, mit Sicherheit.

26. Sonntag

Willst du dich am Ganzen erquicken,
So mußt du das Ganze im Kleinsten erblicken!

27. Montag

Man sagt, zwischen zwei entgegengesetzten Meinungen liege die Wahrheit mitten inne. Keineswegs! Das Problem liegt dazwischen, das Unschaubare, das ewig tätige Leben, in Ruhe gedacht.

28. Dienstag

Ein Mensch, der sich über so vieles hinaussetzt, wird doch an einer Ecke mit Zwirnsfäden angebunden.

29. Mittwoch

Man spricht vergebens viel, um zu versagen;
Der andre hört von allem nur das Nein.

30. Donnerstag · Fronleichnam

Jedes Wissen fordert ein zweites, ein drittes und immer so fort; wir mögen den Baum in seinen Wurzeln oder in seinen Ästen und Zweigen verfolgen, eins ergibt sich immer aus dem andern, und je lebendiger irgendein Wissen in uns wird, desto mehr sehen wir uns getrieben, es in seinem Zusammenhange auf- und abwärts zu verfolgen.

31. Freitag

Nichts vom Vergänglichen,
Wie's auch geschah!
Uns zu verewigen,
Sind wir ja da.

Eines der Beispiele, daß Christiane bei aller frisch zupackender Tüchtigkeit in Garten, Haus und am Herd, die sich so munter in ihren fröhlichen Briefen spiegelt, sichtlich kein Organ für den Umgang mit Geld besaß. – Das »Viertelsjahrgeld« – bei Goethes Largesse in Geldsachen bestimmt nicht knapp bemessen – zerrann ihr unter den Händen. Sie verspricht zu sparen, doch die Bitten um Laubthälerchen extra, um Carolinchen, Dukaten oder »ein Papierchen« reißen nicht ab …

»Kalte Küche« aus Tiefurt

Dagegen ist Philipp Seidel durchaus in der Lage, im Sommer 1792 Goethe stattliche 1270 Taler zu leihen, wie er auch weiterhin Goethe bei allen wichtigeren geschäftlichen Entscheidungen kompetent berät.

So errechnet er im Februar 1799 exakt Verlust und Gewinn eigener Pferdehaltung, fügt vorsorglich eine detaillierte »Dienstordnung, den Kutscher betreffend« hinzu und erklärt abschließend, ihn freue es, daß Goethe sich zum Kauf eines eigenen Gespanns entschlossen habe. Er werde sich gewiß »sehr wohl dabey befinden«. Ihm selbst sei aufgegangen, »daß ohne diese vornehmen Thiere eine nicht gemeine Existenz immer unvollständig bleibe.« –

»Seit ich Sie zuletzt gesprochen habe«, fährt er, plötzlich erregt, fort, »bin ich sehr fleißig gewesen, oder vielmehr ich bin so glücklich gewesen, von der Frucht eines langen Brütens über das was zu wissen ist, glücklich entbunden zu werden ... Mein Leben beginnt erst. Der Zwischenraum des ersten und dieses neuen Lebens war ein schrecklicher Zustand – ich glaubte unterzugehen und dachte nichts weniger, als daß hinter diesem wilden dunkeln Zustand eine so leichte freye Existenz meiner wartete. Mit einem Wort, nur mit Einem, löste sich alles. Mein Leben gleicht dem im Frühjahr, ich fühle noch den kalten Boden an den Wurzeln, aber ich fühle auch die Sonne und meine Knospen treiben. Es ist nicht mehr das Streben hineinwärts in den harten Boden, nein die fest und eng zusammengetriebenen Kräfte suchen ein leichteres Element und einen freyeren Raum.
Leben Sie wohl.« Weimar den 14. Febr. 1799

Tiefe Stille herrscht im Wasser,
Ohne Regung ruht das Meer,
Und bekümmert sieht der Schiffer
Glatte Fläche rings umher.
Keine Luft von keiner Seite
Todesstille fürchterlich!
In der ungeheuren Weite
Reget keine Welle sich.

Meeresstille, 1795

Goethe schwieg. Er vereiste, verstummte, wie so oft, wenn ihm eine Beziehung lästig wurde. Auch Seidel ließ sich nie darüber aus, was er sich von diesem exaltierten Bekenntnis versprochen hatte. – An sich durfte er mit seinem Vorwärtskommen, seiner Karriere, zufrieden sein. Er war ein erfolgreicher, ein geachteter, er war ein wohlhabender Mann. Ein Bürger, seit Januar 1789 angemessen verheiratet, ein Mann, dessen Haus sich stattlich präsentierte, dessen Kinder eine Freude waren. – Doch von Jahr zu Jahr mehrten sich die Symptome eines schleichenden, zunächst nicht recht greifbaren Übels. Seidel selbst klagt über körperliches Mißbehagen; Männer wie Minister Voigt registrieren eine steigende Gereiztheit; der Duktus seiner freien, locker fließenden Schriftzüge (die denen Goethes ähnelten) verhärtete und verkrampfte sich …

Er starb, ärztlich gut versorgt, im November 1820 im »Irreninstitut« des Hofrats Stark zu Jena, wohin ihn seine Familie ein halbes Jahr zuvor, bekümmert und ratlos, gebracht hatte, am Schlagfluß. – Von diesem Ende her wird deutlich, daß die Gereiztheit, die Verkrampfungen, daß die heftigen seelischen Reaktionen, daß die Liebe, die für ihn ein allzu dramatisches Timbre angenommen hatte, traurige Vorboten einer Schizophrenie waren, an der er zugrunde gehen sollte. Ein Mann, körperlich-seelisch im Gleichgewicht, hätte den Verlust einer Freundschaft – und sei es die eines Goethe – verwunden.

Der Bruch war endgültig. Philipps Name schwindet aus Goethes Tagebuch und Korrespondenz. Auch als er im April 1820, bei einem Aufenthalt in Jena, Nachrichten über Seidels Befinden einzieht und darüber freundlich-kurz nach Weimar berichtet, verschwendet er kein Wort, keinen Gedanken an die Gemeinsamkeit alter Tage. Eine Sachlichkeit, die seine Umgebung (bis heute!) eher erschreckt als befriedigt. – Seidel aber habe, wie die Fama will, Jahre zuvor bitter mit dem Blick auf seinen einstigen Herrn gesagt: »Ich lernte das Nein.«

Türklopfer aus Alt-Weimar

IM INNERSTEN BEZIRK

Und wo sollen, wo können unsere nächsten Zwecke liegen, als innerhalb des Hauses? Alle immer wiederkehrenden, unentbehrlichen Bedürfnisse, wo erwarten, wo fordern wir sie, als da, wo wir aufstehn und uns niederlegen, wo Küche und Keller und jede Art von Vorrat für uns und die Unsrigen immer bereit sein soll?

Aus: Wilhelm Meisters Lehrjahre, VII, 6

Viele Gäste wünsch ich heut
Mir zu meinem Tische!
Speisen sind genug bereit,
Vögel, Wild und Fische.
Eingeladen sind sie ja,
Habens angenommen – –

Doch ich sehe niemand gehen,
Sehe niemand rennen!
Suppe kocht und siedet ein,
Braten will verbrennen.
Ach, wir habens, fürcht ich nun,
Zu genau genommen!

Hänschen, lauf und säume nicht,
Ruf mir neue Gäste!
Jeder komme, wie er ist,
Das ist wohl das beste!
Schon ists in der Stadt bekannt,
Wohl ists aufgenommen.
Hänschen, mach die Türen auf:
Sieh nur, wie sie kommen!

Aus: Offne Tafel, 1813

Goethe an Jacobi, 1.2.1793 – Ich bin wohl und glücklich, meine Kleine ist im Hauswesen gar sorgfältig und tätig.
Christiane an Goethe, 18.6.1793 – In den Gärten und auf dem Lande ist alles gepflanzt. – Im Juli 1793 – Habe recht viele Gänse und Hühner angeschafft und habe meine Freude an dem Wesen … Es wird heuer alles etwas später, auch der Weizen steht gut und im Alten Garten ist es itzo ganz herrlich. Die Rosen blühen und die Kirschen wollen reif werden. – Am 19ten Juli – Heute habe ich zum ersten Mal aus dem Alten Garten Kirschkuchen gebacken und aus dem Garten am Haus Kohlrabi und Artischocken gegessen.
Dezember 1793 – Mit der Gänseleberpastete habe ich mir alle Mühe gegeben, aber umsonst, es sind keine Lebern zu kriegen und keine Trüffeln.
Goethe an Christiane · Jena, 3.3.1795 – Schicke mir doch 6 Bouteillen Wein und eine Zervelatwurst, denn was das Essen betrifft, lebe ich schlecht und teuer. Auch die Schokolade fängt an zu fehlen. – März 1797 – Ich habe von Hamburg Nachricht, daß sechs Spickgänse an mich unterwegs sind, hebe sie sorgfältig auf. – 6ten Juni – Dir schick ich ein Pfund Spargel und dem Kind Erdbeeren.
Christiane an Goethe, 23. Mai 1798 – Daß es Dir mit dem Essen in Jena nicht gut geht, betrübt mich: ich wünschte, ich könnte mich alle Tage ein paar Stunden unsichtbar machen und Dir kochen, da sollte es wohl schmecken. – 30ter Mai – Schön ist es mit Deiner Arbeit: was Du einmal gemacht hast, bleibt ewig, aber mit uns armen Schemdhuden ist es ganz anders. Ich hatte den Hausgarten sehr in Ordnung gepflanzt, doch in einer

Nacht haben mir die Schnecken beinahe alles aufgefressen. Meine schönen Gurken sind ganz weg, und ich muß wieder von vorn anfangen. – Doch was hilfts? Ich will es wieder machen; man hat ja nichts ohne Mühe. Es soll mir den guten Humor nicht verderben.

Weit und schön ist die Welt, doch o wie dank ich dem Himmel
Daß ein Gärtchen beschränkt, zierlich mein eigen gehört
Bringet mich wieder nach Hause! was hat ein Gärtner zu reisen?
Ehre bringt's ihm und Glück, wenn er sein Gärtchen versorgt.

Ach! Sie neiget das Haupt die holde Knospe, wer gießet
Eilig erquickendes Naß neben die Wurzel ihr hin?
Daß sie froh sich entfalte, die schönen Stunden der Blüte
Nicht zu frühe vergehn, endlich auch reife die Frucht.
Aber auch mir – mir sinket das Haupt von Sorgen und Mühe.
Liebes Mädchen! Ein Glas schäumenden Weines herbei.

Epigrammatisch, 1790.

JUNI

1. Samstag

Wenn der Sommer sich verkündet,
Rosenknospe sich entzündet,
Wer mag solches Glück entbehren?
Das Versprechen, das Gewähren,
Das beherrscht in Florens Reich
Blick und Sinn und Herz zugleich.

2. Sonntag
Man erlaubt gern der Wohltätigkeit eine wunderliche Außenseite.

3. Montag
Weißt du, worin der Spaß des Lebens liegt?
Sei lustig! – Geht es nicht, so sei vergnügt.

4. Dienstag
Zuerst belehre man sich selbst, dann wird man Belehrung von andern empfangen.

5. Mittwoch
Die Fremde hat ein fremdes Leben, und wir können es uns nicht zu eigen machen, wenn es uns gleich als Gästen gefällt.

6. Donnerstag
Der Geist des Wirklichen ist das wahre Ideelle.

7. Freitag
Jeder, der keine Anlage hat, das Beste zu leisten, sollte sich der Kunst enthalten und sich vor jeder Verführung dazu ernstlich in Acht nehmen.

8. Samstag
»Mancherlei hast du versäumt:
Statt zu handeln, hast geträumt,
Statt zu danken, hast geschwiegen,
Solltest wandern, bliebest liegen.«
Nein, ich habe nichts versäumet!
Wißt ihr denn, was ich geträumet?
Nun will ich zum Danke fliegen,
Nur mein Bündel bleibe liegen.

9. Sonntag

»Wie mag ich gern und lange leben?«
Mußt immer nach dem Trefflichsten streben:
Des unerkannt Trefflichen wirket so viel,
Und Zeit und Ewigkeit legt ihm kein Ziel.

10. Montag

Wer nur sich selbst spielen kann, ist kein Schauspieler.

11. Dienstag

Sechsundzwanzig Groschen gilt mein Taler!
Was heißt ihr mich denn einen Prahler?
Habt ihr doch andre nicht gescholten,
Deren Groschen einen Taler gegolten.

12. Mittwoch

Lieber schlimm aus Empfindung als gut aus Verstand.

13. Donnerstag

An Übereinstimmung ist nicht zu denken. Jeder hat die Meinung seiner Provinz, seiner Stadt, ja seines eigenen Individuums.

14. Freitag

Sage nicht, daß du geben willst, sondern gib! Die Hoffnung befriedigst du nie.

15. Samstag

Warum mir aber in neuster Welt
Anarchie gar so wohl gefällt? –
Ein jeder lebt nach seinem Sinn,
Das ist nun also auch mein Gewinn.
Ich laß einem jeden sein Bestreben,
Um auch nach meinem Sinne zu leben.

16. Sonntag

»Sag uns Jungen doch auch was zuliebe!«
Nun! Daß ich euch Jungen gar herzlich liebe!
Denn als ich war als Junge gesetzt,
Hatt ich mich auch viel lieber als jetzt.

17. Montag

Sind Könige je zusammengekommen,
So hat man immer nur Unheil vernommen.

18. Dienstag

Manchmal hat es etwas Reizendes, sich mit einem Freunde zu streiten. Man fühlt auf eine angenehme Weise, daß man zu zweien ist und doch nicht auseinander kann.

19. Mittwoch

Dem Menschen fällt mehr auf, was ihm fehlt, als das, was er besitzt.

20. Donnerstag

Die große Notwendigkeit erhebt, die kleine erniedrigt den Menschen.

21. Freitag · Sommeranfang

Die Nachtigall, sie war entfernt,
Der Frühling lockt sie wieder;
Was Neues hat sie nicht gelernt,
Singt alte liebe Lieder.

22. Samstag

Ist denn die Wahrheit eine Zwiebel, von der man die Häute abschält? Was ihr hinein nicht gelegt, ziehet ihr nimmer heraus.

23. Sonntag

Dunkel ist die Nacht, bei Gott ist Licht.
Warum hat er uns nicht auch so zugericht?

24. Montag

Der Mensch, wenn er auch den Grund des Irrtums aufdeckt, wird den Irrtum selbst deshalb doch nicht los.

25. Dienstag

Sage mir ein weiser Mann,
Was das Mich-Mack heißen kann?
Solch zweideutig Achseltragen
Nutzen wird's nicht, noch behagen.

28. Mittwoch

Wer Freude will, besänftige sein Blut.

27. Donnerstag

Die Jugend verwundert sich sehr,
Wenn Fehler zum Nachteil gedeihen:
Sie faßt sich, die denkt zu bereuen,
Im Alter erstaunt und bereut man nicht mehr.

28. Freitag

Man verschrumpft in dem engen Hauswesen. Hier fühlt man sich groß und frei, wie die große Natur, die man vor Augen hat, und wie man eigentlich immer sein sollte.

29. Samstag

»Da reiten sie hin! Wer hemmt den Lauf?«
Wer reitet denn? »Stolz und Unwissenheit.«
Laß sie reiten! Da ist gute Zeit,
Schimpf und Schande sitzen hinten auf.

30. Sonntag

Wenn einen Menschen die Natur erhoben,
Ist es kein Wunder, wenn ihm viel gelingt;
Man muß in ihm die Macht des Schöpfers loben,
Der schwachen Ton zu solcher Ehre bringt;
Doch wenn ein Mann in allen Lebensproben
Die sauerste besteht, sich selbst bezwingt;
Dann kann man ihn mit Freuden andern zeigen,
Und sagen: Das ist er, das ist sein eigen!
Denn alle Kraft dringt vorwärts in die Weite,
Zu leben und zu wirken hier und dort;
Dagegen engt und hemmt von jeder Seite
Der Strom der Welt und reißt uns mit sich fort:
In diesem innern Sturm und äußern Streite
Vernimmt der Geist ein schwer verstanden Wort:
Von der Gewalt, die alle Wesen bindet,
Befreit der Mensch sich, der sich überwindet!

UMGANG MIT KÖCHINNEN

Goethe an Christiane, 30.3.1807 – Zuerst aber muß zum Lobe der Höpfnerin gesagt werden, daß sie, obwohl Du nicht da bist [Christiane besuchte Frau Rat Goethe in Frankfurt], ihre Sache vortrefflich macht, gute Ware ankauft und sie mit Sorgfalt zubereitet, sodaß wir es uns jeden Mittag können wohl schmecken lassen. Am Grünen Donnerstag hatten wir Kohlsprossen bestellt und Honig zum Nachtisch, um dieses Fest recht würdig zu feiern. August hatte selbst Eier roth und hart gesotten. Da die Fastenbrezeln alle sind, so bäckt die Köchin allerlei Torten und Kuchen. – Ein Truthahn ist abgeschlachtet und andere gute Dinge sind im Vorrath. Goethe aus Jena an Christiane, 6.11.1812 – Ich bin sehr zufrieden mit Heinrichen [dem Kutscher] und der Höpfnerin; ja, der Ernst, womit wir meine kleine Haushaltung hier betreiben, ist eine Lust und ein Spaß. Um nicht aus dem Gleise zu kommen, habe ich einen Karpfen von Winzerle kommen lassen und die polnische Sauce gleich aus der Tasche bezahlt. Das dient zur Unterhaltung ... Den 10ten – Die Köchin hat mir den morgendlichen Weinschaum für heute abdisputirt und mir dafür ein ganz vortreffliches Zwischenessen, welches sie künftig auf gleiche Bedingungen wiederholen soll, bereitet. – Genug, es ist an dem ganzen Zustand nichts auszusetzen.

Man tanzt, man schwatzt, man kocht, man trinkt,
man liebt
Nun sage mir, wo es was Bessers gibt!

Faust I, Walpurgisnacht, Mephisto

»GANZ GEHORSAMES PROMEMORIA«

Goethe an das Herzogl. S. Weimarische Polizeicollegium – Nach der älteren, erst vor kurzem unter dem 26. Februar erneuerten Polizeyverordnung, welche den Herrschaften zur Pflicht macht, die Dienstboten nicht blos mit allgemeinen und unbedeutetenden Attestaten zu entlassen, sondern darin gewissenhaft ihr Gutes und ihre Mängel auseinanderzusetzen, habe ich der Charlotte Hoyer, welche als Köchin bei mir in Diensten gestanden, als einer der boshaftesten und incorrigibelsten Personen, die mir je vorgekommen, ein, wie die Beylage ausweist, freylich nicht sehr empfehlendes Zeugniß bey ihrem Abschied eingehändigt. – Dieselbe hat sogleich ihre Tücke und Bosheit noch dadurch im Übermaß bewiesen, daß sie das Blatt, worauf auch ihrer ersten Herrschaft Zeugniß gestanden, zerrissen und die Fetzen davon im Haus herumgestreut, welche zum Beweis gleichfalls hier angefügt sind.

Ein solches gegen die Gesetze wie gegen die Herrschaften gleich respektwidriges Benehmen habe ich nicht verfehlen wollen, sogleich hiermit schuldigst anzuzeigen und die Ahndung einer solchen Verwegenheit einsichtsvollem Ermessen anheim zu geben.
Beilage – Charlotte Hoyer hat zwey Jahre in meinem Haus gedient. Für eine Köchin kann sie gelten, und ist zu Zeiten folgsam, höflich, sogar einschmeichelnd. Allein durch die Ungleichheit ihres Betragens hat sie sich zuletzt ganz unerträglich gemacht. Gewöhnlich beliebt es ihr nach eignem Willen zu handeln und zu kochen; sie zeigt sich widerspenstig, zudringlich, grob, und sucht diejenigen, die ihr zu befehlen haben, auf alle

Weise zu ermüden. Unruhig und tückisch verhetzt sie ihre Mitdienenden und macht ihnen, wenn sie nicht mit ihr halten, das Leben sauer. Außer andern verwandten Untugenden hat sie noch die, daß sie an den Thüren horcht. – Welches alles man, nach der erneuten Polizeyverordnung, hiermit ohne Rückhalt hat bezeugen wollen. – Goethe, Weimar, März 1811

Neujahrswunsch des kleinen Sohns

»MITTAGS TISCH FÜR GÖHTE«

Goethe an Sohn August · Jena, 2.6.1818 – Im Reiche der Wirklichkeit kommen mir gute Bissen aus Madame Frommanns Küche sehr schmackhaft entgegen – – –

Henriette Hunger an einen Journalisten – Geehrtester Herr! Welche Freude mein Herz emfand Nach meinem Tode Von Ihnen mich so verehrt zu sehn. Ich lebe noch. Mein altes Auge, hat noch Einmahl aufgestrahlt. Mein Wunsch war es ja immer den leuten wißen zu lassen, was ich für Göhte that. So nehmen Sie meinen Herzlichsten Dank für Ihre Güte. Mein Wunsch ist Erfüllt. Nun will ich Ihnen genau wißen lassen, das ich nicht Aufwärterin war, ich war die Köchin bei Frommans und Göhte war ein treuer Freund zu Frommans.
Alle Morgen um 11 Uhr fuhr Göhte vor. Und machte Seinen Morgenbesuch, wo ich auch das Unglück hate, Göhte mit Einer Bütte Wasser zu überschütten. Göhte wolte mich die Thüre halten aus Bescheidenheit, und ich ebenfals, ich versah das tembo und war im fallen und Göhte wollte mich halten und bekomt die Waßerbütte auf den Halz. Ich zum Tode erschrocken Madam und Fräulein Fromman Kamen mit Tüchern und trockneten Ihn ab und lachten. Göhte fuhr nach Hause um sich umzukleiden. Deshalb gab es keine Feindschaft. Den andern Morgen war Göhte wieder da und lachte.
Göhte war nachdem in den bottahnischen Garten gezogen, wolte aber nicht lange mehr in Jena bleiben, weil Ihn das Essen aus den Speisehäusern nicht schmeckte. Frommans wollten Göhte jerne für sich und Jena Erhalten. Der Grund war das Eßen. Wie anfangen? Die

(Fortsetzung S. 80)

JULI

1. Montag

Hör doch auf, mit Weisheit zu prahlen, zu prangen,
Bescheidenheit würde dir löblicher stehn.
Kaum hast du die Fehler der Jugend begangen,
So mußt du die Fehler des Alters begehn.

2. Dienstag

»Die Natur verbirgt Gott!« Aber nicht jedem!

3. Mittwoch

Es ist ein frommer Wunsch aller Väter, das was ihnen selbst abgegangen an den Söhnen realisiert zu sehen, so ungefähr als wenn man zum zweitenmal lebte und die Erfahrungen des ersten Lebenslaufes nun erst recht nutzen wollte.

4. Donnerstag

Entweicht, wo düstre Dummheit gerne schweift,
Inbrünstig aufnimmt, was sie nicht begreift,
Wo Schreckensmärchen schleichen, stutzend fliehn
Und unermeßlich Maße lang sich ziehn.

5. Freitag

Wie ein Schriftsteller sich ankündigt, fährt er meist fort, und bei mittleren Talenten sind oft im ersten Werke bereits alle übrigen enthalten.

6. Samstag

Freund, wer ein Lump ist, bleibt ein Lump,
Zu Wagen, Pferd' und Fuße;
Drum glaub an keinen Lump je,
Und keines Lumpen Buße.

7. Sonntag

Ins Sichere willst du dich betten!
Ich liebe mir inneren Streit:
Denn, wenn wir die Zweifel nicht hätten,
Wo wäre denn frohe Gewißheit?

8. Montag

Ich habe mich nie verrechnet, aber oft verzählt.

9. Dienstag

Alles kommt in der Wissenschaft auf ein Gewahrwerden dessen an, was den Erscheinungen zum Grunde liegt. Ein solches Gewahrwerden ist bis ins Unendliche fruchtbar.

10. Mittwoch

Willkür bleibet ewig verhaßt den Göttern und Menschen,
Wenn sie in Taten sich zeigt …

11. Donnerstag

Wie fruchtbar ist der kleinste Kreis,
Wenn man ihn wohl zu pflegen weiß.

12. Freitag

Wer das Falsche verteidigen will, hat alle Ursache leise aufzutreten. Wer aber das Recht auf seiner Seite fühlt, muß derb auftreten: ein höfliches Recht will gar nichts heißen.

13. Samstag

Ich bin ein Kind des Friedens und will Frieden halten für und für mit der ganzen Welt, da ich ihn einmal mit mir selbst geschlossen habe.

14. Sonntag

Von Jahren zu Jahren
Muß man viel Fremdes erfahren;
Du trachte, wie du lebst und leibst,
Daß du nur immer derselbe bleibst.

15. Montag

Unsere Wünsche sind Vorgefühle der Fähigkeiten, die in uns liegen, Vorboten desjenigen, was wir zu leisten imstande sein werden.

16. Dienstag

Wir wissen von keiner Welt als im Bezug auf den Menschen; wir wollen keine Kunst, als die ein Abdruck dieses Bezugs ist.

17. Mittwoch

Wer nicht das Mechanische vom Handwerk kennt, kann nicht urteilen: den Meister kann niemand und den Gesellen nur der Meister meistern.

18. Donnerstag

Aus Mäßigkeit entspringt ein reines Glück!

19. Freitag

Es ist besser, es geschehe dir unrecht, als die Welt sei ohne Gesetz.

20. Samstag

Gehab du dich mit Verstand,
Wie dir eben der Tag zur Hand;
Denk immer: Ist's gegangen bis jetzt,
So wird es auch wohl gehen zuletzt.

21. Sonntag

Willst lustig leben,
Geh mit zwei Säcken,
Einen zum Geben,
Einen um einzustecken.
Da gleichst du Prinzen,
Plünderst und beglückst Provinzen.

22. Montag

Der Lügner hofft vergeblich Treu und Glauben.

23. Dienstag

Warum denn immer bös' oder gut! Müssen wir nicht mit uns selbst, so wie mit andern vorlieb nehmen, wie die Natur uns hat hervorbringen mögen …

24. Mittwoch

Die Auffassung und Darstellung des Besonderen ist das eigentliche Leben der Kunst.

25. Donnerstag

Weihrauch ist nur der Tribut der Götter und für die Sterblichen ein Gift.

26. Freitag

Der Mensch, der einer guten Sache dient, wohnt in einer festen Burg.

27. Samstag

Läßt mich das Alter im Stich?
Bin ich wieder ein Kind?
Ich weiß nicht, ob ich
Oder die andern verrückt sind.

28. Sonntag

Der Mensch hat die Kraft, das Gute zu wollen und zu vollbringen.

29. Montag

Immer glaubt ich gutmütig, von anderen etwas zu lernen;
Vierzig Jahre war ich alt, da mich der Irrtum verließ.
Töricht war ich immer, daß andre zu lehren ich glaubte;
Lehre jeden du selbst, Schicksal, wie er's bedarf.

30. Dienstag

Man kann die Menschen sehr leicht durch tolle und unschickliche Darstellungen irre machen; aber man lege ihnen das Vernünftige und Schickliche auf eine interessante Weise vor, so werden sie gewiß darnach greifen.

31. Mittwoch

Die Dankbarkeit können wir in uns durch bloße Gewohnheit erregen, lebendig erhalten, ja zum Bedürfnis machen.

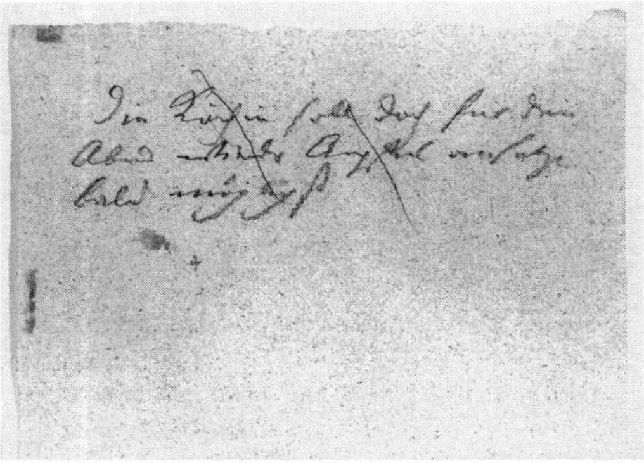

Goethe bestellt Apfelkompott

Madam Fromman, Eine sehr kluge Dame sann hin und hehr.
Endlich kam sie auf ihre Köchin. Das war ich. Sie ließ mich in ihr Zimmer kommen und sagte: ich habe Ein großes anliegen an dich, was Göhte betrift und du die Hauptperson bist.
»Du die Hauptperson dachte ich«. Willst du für G. kochen, den Mittags Tisch übernehmen? Meine Speisekammer Steht dir ofen, Thue Es, ich werde Dirs niemahls vergeßen. Nach langes Zureden gab ich mein Wort. – An Göhte geschriben, das Ihre Köchin für Ihn den Mittags Tisch übernehmen wolte. Mit Freuden Nehme dis An, war die Rückantwort.

So kochte ich Ein halbes Jahr für den großen Mann zu danke. – Göhte benahm sich gegen mich nicht als wäre ich Köchin, sondern als wäre ich mehr Wenn ich mit meinem Zettel kam, lag Schon was Schönes da, an zu sehn für mich. Kurz ich kam mich vor als gehörte ich der gelehrten Welt an. Gelegenheit hatte ich ja genug, große Männer zu sehn, ich sagte oft das Frommansche Haus ist Der Sitz der gelehrten wißenschaft. Denn alle großen Männer schienen sich in dem Hause wohl zu fühlen. – Nachdem verheurathete ich mich aber. Konnte den Tisch für Göhte nicht mehr besorgen. Weil die gefülte Speise Kammer nicht mit ging.

Neben den bereits erwähnten Köchinnen – der Dorthe Wagenknecht, der Christiane Höpfner und der inkorrigibelsten Person, der Charlotte Hoyer, – taucht in den Lohnlisten seit 1821 Christiane Kluge auf, vom Sohn August anscheinend sehr geschätzt, während Goethes Tagebuch bei ihrer Kündigung am 10.2.1831 und der Einstellung des »jungen Straube« (ein erster Koch in Goethes Dienst) vermerkt: »von dieser Last befreyt, konnt ich an bedeutende Arbeiten gehen; ich kann hoffen, die Epoche werde fruchtbringend seyn« – Die »Goetzin«, in Weimar lediglich im Haus und als Botenfrau beschäftigt, übernahm erst, nachdem sie mit ihrem Sohn nach Jena gezogen war, dort Goethes Mittagstisch. Sie koche zwar nicht übel, klagte im Januar 1796 der Dichter Christiane, aber da sie nun mal im Ofen koche, schmeckten »die Sachen wohl einmal rauchrig.« Und Christiane wird immer wieder dringend um Produktionen ihrer tadelfreien Kochkunst gebeten.

»ICH GLAUBTE IHM AUFS WORT«

Vor einigen Tagen, als ich nachmittags bei schönem Wetter die Straße nach Erfurt hinausging, gesellte sich ein bejahrter Mann zu mir, den ich seinem Äußeren nach für einen wohlhabenden Bürger hielt. Wir hatten nicht lange geredet, als das Gespräch auf Goethe kam. Ich fragte ihn, ob er Goethe persönlich kenne. Ob ich ihn kenne! antwortete er mit einigem Behagen, ich bin gegen zwanzig Jahre sein Kammerdiener gewesen! Und nun ergoß er sich in Lobsprüchen über seinen früheren Herrn. Ich ersuchte ihn, mir etwas aus Goethes Jugendzeit zu erzählen, worein er mit Freuden willigte.

Als ich bei ihn kam, sagte er, mochte er etwa 27 Jahre alt sein; er war sehr mager, behende und zierlich, ich hätte ihn leicht tragen können.

Ich fragte ihn, ob Goethe in jener ersten Zeit seines Hierseins auch sehr lustig gewesen? Allerdings antwortete er, sei er mit den Fröhlichen fröhlich gewesen, jedoch nie über die Grenze; in solchen Fällen sei er gewöhnlich ernst geworden. Immer gearbeitet und geforscht und seinen Sinn auf Kunst und Wissenschaft gerichtet, das sei im allgemeinen seines Herrn Richtung gewesen …

Einst klingelte er mitten in der Nacht, und als ich zu ihm in die Kammer trete, hat er sein eisernes Rollbett bis ans Fenster gerollt und liegt und beobachtet den Himmel. »Hast du nichts am Himmel gesehen?« fragte er mich, und als ich dies verneinte: »so lauf einmal nach der Wache und frage den Posten, ob der nichts gesehn.« Ich lief hin, der Posten aber hatte nichts gesehen, welches ich meinem Herrn meldete, der noch eben so lag und den Himmel unentwegt beobachtete. »Höre«, sagte er dann zu mir, »entweder wir haben in diesem Augenblick ein Erdbeben oder wir bekommen eins.« Und nun mußte ich mich zu ihm aufs Bett setzen, und er demonstrierte mir, aus welchen Merkmalen er das abnehme.

Ich fragte den guten Alten, was es für Wetter gewesen. – Es war sehr wolkig, sagte er, und dabei regte sich kein Lüftchen, es war sehr still und schwül.

Spielkarten

Ich fragte ihn, ob er denn Goethen jenen Ausspruch sogleich aufs Wort geglaubt habe. Ja, sagte er, ich glaubte ihm aufs Wort, denn was er vorhersagte, war immer richtig. – Nach einigen Wochen kam auch die Nachricht, daß in derselben Nacht ein Teil von Messina durch ein Erdbeben zerstört worden.

Eckermann, 10.11.1823

Christoph Erhard Sutor, 1754 in Erfurt geboren, 1838 in Weimar gestorben, seit 1776 neben Philipp Seidel in Goetheschen Diensten, ein ruhiger, zurückhaltend-tüchtiger Mann. – Wie alle Goetheschen Diener auch in der Schreibstube, vorwiegend jedoch im Haus und auf Goethes vielerlei Reisen mit der Erledigung praktischer Arbeiten befaßt. – Seine Eheschließung 1782 und die rasch wachsende Familie zwangen ihn, durchaus im Einverständnis mit Goethe, einen Nebenverdienst zu suchen. Wohlüberlegt gründete er, begünstigt durch die Erfindung der Lithographie und des Stahlstichs und späterhin unterstützt durch anstellige Söhne, eine durch Jahrzehnte florierende Spielkartenfabrik, wo 1791 auch Goethe »27 Cärtchen mit optischen Figuren« für seine »Beyträge zur Optik« herstellen ließ. – Außerdem betrieb Sutor eine Leihbücherei, die er aber, da er sich überlastet fühlte, 1790 wieder abstieß. – Langsam, aber stetig war er auf der sozialen Leiter aufwärts gestiegen, war Hausbesitzer, war Weimarer Ratsdeputierter, war zu »dem bejahrten Mann« geworden, den Eckermann bei seinem Spaziergang im November 1823 mit Recht für »einen wohlhabenden Bürger« hielt.

AUGUST

1. Donnerstag

Genieße mäßig Füll' und Segen!
Vernunft sei überall zugegen,
Wo Leben sich des Lebens freut!

2. Freitag

Ich habe nur das Testament Johannis gepredigt: Kindlein, liebt euch, und wenn das nicht gehen will: laßt wenigstens einander gelten.

3. Samstag

Wer kann der Raupe, die am Zweige kriecht,
Von ihrem künftgen Futter sprechen?
Und wer der Puppe, die am Boden liegt,
Die zarte Schale helfen durchzubrechen?
Es kommt die Zeit, sie drängt sich selber los
Und eilt auf Fittichen der Rose in den Schoß.

4. Sonntag

Tadelt man, daß wir uns lieben,
Dürfen wir uns nicht betrüben:
Tadel ist von keiner Kraft.
Andern Dingen mag es gelten;
Kein Mißbilligen, kein Schelten
Macht die Liebe tadelhaft.

5. Montag

Der Mantel der Unwahrheit ist überall durchlöchert; je mehr man auf einer Seite ihn ausspannt, desto mehr läßt er auf der andern alle Blöße sehen.

6. Dienstag

Die höchsten und schönsten Zinsen bringt uneigennütziges Wohltun.

7. Mittwoch

Die Menge fragt bei jeder bedeutenden Erscheinung, was sie nutze, und sie hat nicht unrecht; denn sie kann bloß durch den Nutzen den Wert einer Sache gewahr werden.

8. Donnerstag

Soll es reichlich zu dir fließen,
Reichlich andre laß genießen.

9. Freitag

Die wahre Liberalität ist Anerkennung.

10. Samstag

Blieb' der Wolf im Walde,
So würd er nicht beschrien.

11. Sonntag

Du bist auf immer geborgen,
Das nimmt dir niemand wieder:
Zwei Freunde ohne Sorgen,
Weinbecher, Büchlein, Lieder.

12. Montag

Der Mensch ist doch wie ein Nachtgänger, er steigt die gefährlichsten Kanten im Schlafe.

13. Dienstag

Wer im Alter Jugendwünsche und Hoffnungen realisieren will, betrügt sich, denn jedes Jahrzehnt hat sein eigenes Glück, seine eigenen Hoffnungen und Aussichten.

14. Mittwoch

Willst du dich deines Wertes freuen,
So mußt der Welt du Wert verleihen.

15. Donnerstag

Jedes ausgesprochene Wort erregt den Gegensinn.

16. Freitag

Nichts im Leben, außer Gesundheit und Tugend, ist schätzenswerter als Kenntnis und Wissen; auch ist nichts so leicht zu erreichen und so wohlfeil zu erhandeln; die ganze Arbeit ist Ruhigsein und die Ausgabe Zeit, die wir nicht retten, ohne sie auszugeben.

17. Samstag

Die Menschen indignieren mich dann und wann; aber die Sachen finden mich immer entschlossen.

18. Sonntag

Viel Wunderkuren gibt's jetzunder,
Bedenkliche, gesteh ichs frei!
Natur und Kunst tun große Wunder;
Und es gibt Schelme nebenbei.

19. Montag

Wen die Dankbarkeit geniert,
Der ist übel dran.

20. Dienstag

Der Autor ist selten ein unparteiischer Richter seiner eigenen Sachen.

21. Mittwoch

Was ist doch ein Lebendiges für ein köstliches herrliches Ding! Wie abgemessen zu seinem Zustande, wie wahr, wie seiend!

22. Donnerstag

Von der Gewalt, die alle Wesen bindet,
Befreit der Mensch sich, der sich überwindet.

23. Freitag

Das Kluge und Rechte bringt nicht immer etwas Günstiges hervor, vielmehr bewirkt es oftmals das Gegenteil.

24. Samstag

»Wann wird der Herr seine Freude sehn?«
Wenn er befiehlt mit Sinnen
Ehrlichen Leuten, die's recht verstehn,
Und läßt sie was gewinnen.

25. Sonntag

Alle Menschen groß und klein
Spinnen sich ein Gewebe fein,
Wo sie mit ihrer Scheren Spitzen
Gar zierlich in der Mitte sitzen.

26. Montag

Nach unserer Überzeugung gibt es kein größeres und wirksameres Mittel zu wechselseitiger Bildung als das Zusammenarbeiten.

27. Dienstag

Zu raschem Wirken sei bereit!

28. Mittwoch · Goethes Geburtstag (1749)

Tief in uns liegt die schöpferische Kraft, die das zu erschaffen vermag, was sein soll und uns nicht ruhen und rasten läßt, bis wir es außer uns oder an uns, auf eine oder die andere Weise dargestellt haben.

29. Donnerstag

»Wir quälen uns immerfort
In des Irrtums Banden.«
Wie manches verständliche Wort
Habt ihr mißverstanden

30. Freitag

Werke der Kunst werden zerstört, sobald der Kunstsinn verschwindet.

31. Samstag

Wir würden unser Wissen nicht für Stückwerk erklären, wenn wir nicht einen Begriff von einem Ganzen hätten.

Diener- und Schreibzimmer im Haus am Frauenplan

Eine Kammer, mäßig groß, der Raum, wo am breiten Tisch das Goethesche Diktat, abgeschirmt gegen jeden häuslichen Umtrieb, ins Reine übertragen werden konnte. – Ein Raum, beheizbar, beide Fenster nach Süden, die Schränke, zur Verwahrung der Manuskripte, eingebaut. Ein Raum, klug durch Goethes winziges Schlafkabinett vom Arbeitszimmer getrennt. Eine Distanz von wenigen Metern nur, die Goethe jedoch erlaubte, allein zu sein und dennoch den Fortschritt der wichtigen Schreibarbeit, helfend und korrigierend, zu überwachen. – Zugleich bestand die Möglichkeit, wenn Goethe, erkrankt, etwa der Pflege bedurfte, dem Diener Bett und Waschgelegenheit ins Schreibzimmer zu schieben.

Den 6. Oktober früh – Was mich aber in diesen Stunden am meisten drückte und besorgt machte, war, daß ich meinen Wagen [mit dem er Anfang August auf Wunsch des Herzogs diesem ins Feldlager bei Longwy gefolgt war] schon einige Tage vermißte. Ich konnte mir's nicht anders denken, als mein sonst so resoluter Diener [Paul Götze] sei in Verlegenheit geraten, habe seine Pferde verloren und andere zu requirieren nicht vermocht. Da sah ich denn in trauriger Einbildungskraft meine werte böhmische Halbchaise, ein Geschenk meines Fürsten, die mich schon so weit in der Welt herumgetragen, im Kot versunken, vielleicht auch über Bord geworfen und somit, wie ich da zu Pferde saß, trug ich nun alles bei mir. – Der Koffer mit Kleidungsstücken, Manuskripten jeder Art und manches durch Gewohnheit sonst noch werte Besitztum, alles schien mir verloren und schon in die Welt verstreut.

Was war aus der Brieftasche mit Geld und bedeutenden Papieren geworden, aus sonstigen Kleinigkeiten, die man an sich herumsteckt? – Hatte ich das alles nun recht umständlich und peinlich durchgedacht, so stellte sich der Geist aus dem unerträglichen Zustande bald wieder her. Das Vertrauen auf meinen Diener fing wieder an zu wachsen und wie ich vorher umständlich den Verlust gedacht, so dacht ich nunmehr alles durch seine Tätigkeit erhalten und freute mich dessen, als läg es mir schon vor Augen … Den 7. und 8. Oktober – Wir hatten über die Maas gesetzt und den Weg eingeschlagen, der aus den Niederlanden nach Verdun führt, das Wetter war furchtbarer als je, wir lagerten bei Consenvoye. Die Unbequemlichkeit, ja das Unheil stiegen aufs

Goethes Reisewagen

höchste, die Zelte durchnäßt, sonst kein Schirm, kein Obdach; man wußte nicht, wohin man sich wenden sollte. Noch immer fehlte mein Wagen, und ich entbehrte das Notwendigste. Konnte man sich auch unter einem Zelte bergen, so war doch an keine Ruhestelle zu denken. Wie sehnte man sich nach Stroh, ja nach irgendeinem Brettstück, und zuletzt blieb doch nichts übrig, als sich auf den kalten feuchten Boden niederzulegen. Zwei Tage und zwei Nächte hatten wir auf diese Weise verlebt, als der traurige Zustand einiger Kranken auch Gesunden zugute kommen sollte. Des Herzogs Kammerdiener war von dem allgemeinen Übel befallen, einen Junker vom Regiment hatte der Fürst aus dem Lazarett von Grandpré gerettet; nun beschloß er, die beiden in das etwa zwei Meilen entfernte Verdun zu schicken. – – – Zwischen ansteckende Kranke gepackt, wußt ich von keiner Apprehension. – Der Mensch, wenn er sich getreu bleibt, findet zu jedem Zustande eine hülfreiche Maxime; mir stellte sich, sobald die Gefahr groß ward, der blindeste Fatalismus zur Hand, und ich habe bemerkt, daß Menschen, die ein durchaus gefährlich Metier treiben, sich durch denselben Glauben gestählt und gestärkt fühlen.

Ich habe geglaubet, nun glaub ich erst recht!
Und geht es auch wunderlich, geht es auch schlecht,
Ich bleibe beim gläubigen Orden:
So düster es oft und so dunkel es war
In drängenden Nöten, in naher Gefahr,
Auf einmal ists lichter geworden.

Aus: Gewohnt, getan

Den 9. Oktober – Unsere traurige Lazarettfahrt zog nun langsam dahin und gab zu ernsten Betrachtungen Anlaß, da wir in dieselbe Heerstraße fielen, auf der wir mit so viel Mut und Hoffnung ins Land eingetreten waren. Hier berührten wir nun wieder dieselbe Gegend, wo der erste Schuß aus den Weinbergen fiel, denselben Hochweg, wo uns die hübsche Frau in die Hände lief und zurückgeführt worden; kamen an dem Mäuerchen vorbei, von wo sie uns mit den Ihrigen freundlich und zur Hoffnung aufgeregt begrüßte. Wie sah das alles jetzt anders aus! Und wie doppelt unerfreulich erschienen uns die Folgen eines fruchtlosen Feldzugs durch den trüben Schleier eines anhaltenden Regenwetters!
Doch mitten in diesen Trübnissen sollte mir gerade das Erwünschteste begegnen. Wir holten ein Fuhrwerk ein, das mit vier kleinen unansehnlichen Pferden vor uns

Georg Paul Götze · Kreidezeichnung von J. J. Schmeller, 1826

herzog; hier aber gab es einen Lust- und Erkennungsauftritt, denn es war mein Wagen, mein Diener. – Paul! rief ich aus, Teufelsjunge, bist du's! Wie kommst du hieher? – Der Koffer stand geruhig aufgepackt an seiner alten Stelle; welch erfreulicher Anblick! Und als ich mich nach Portefeuille und anderem hastig erkundigte, sprangen zwei Freunde aus dem Wagen, Geheimer Sekretär Weyland und Hauptmann Vent. Das war eine gar frohe Szene des Wiederfindens, und ich erfuhr nun, wie es bisher zugegangen. (Fortsetzung S. 100)

SEPTEMBER

1. Sonntag
Du sehnst dich, weit hinaus zu wandern,
Bereitest Dich zu raschem Flug;
Dir selbst sei treu und treu den andern,
Dann ist die Enge weit genug.

2. Montag
Der Mensch vernimmt nur, was ihm schmeichelt.

3. Dienstag
Der menschliche Zustand ist so hoch in Leiden und Freuden gesetzt, daß gar nicht berechnet werden kann, was ein Paar Gatten einander schuldig werden.

4. Mittwoch
Das Gemeine lockt jeden: siehst du in Kürze von vielen Etwas geschehen, sogleich denke nur: dies ist gemein.

5. Donnerstag
Es können die Geschöpfe sich nur in ihren Elementen gehörig organisieren.

6. Freitag
Wo man die Liberalität aber suchen muß, das ist in den Gesinnungen, und diese sind das lebendige Gemüt.

7. Samstag · Jüdisches Neujahr
Tust deine Sache und tust sie recht,
Halt fest und ehre deinen Orden;
Hälst du aber die andern für schlecht,
So bist du selbst ein Pedant geworden.

8. Sonntag

Was gibt uns wohl den schönsten Frieden,
Als frei am eignen Glück zu schmieden?

9. Montag

Eine stille ernsthafte Frau ist übel daran mit einem lustigen Mann. Ein ernsthafter Mann nicht so mit einer lustigen Frau.

10. Dienstag

Laßt mir die jungen Leute nur
Und ergetzt euch an ihren Gaben!
Es will doch Großmama Natur
Manchmal einen närrischen Einfall haben.

11. Mittwoch

Das Fürchterlichste ist, wenn platte unfähige Menschen zu Phantasten sich gesellen.

12. Donnerstag

Kein Mensch kann eine Faser seines Wesens ändern.

13. Freitag

Man denkt an das, was man verließ;
Was man gewohnt war, bleibt ein Paradies.

14. Samstag

Man könnte zum Scherze sagen, der Mensch sei ganz aus Fehlern zusammengesetzt, wovon einige der Gesellschaft nützlich, andre schädlich, einige brauchbar, einige unbrauchbar gefunden werden. Von jenen spricht man Gutes: nennt sie Tugenden; von diesen Böses: nennt sie Fehler.

15. Sonntag

Hast du einmal das Rechte getan
Und sieht ein Feind nur Scheeles daran,
So wird er gelegentlich, spät oder früh,
Dasselbe tun, er weiß nicht wie.

16. Montag · Versöhnungstag

Der Rhythmus hat etwas Zauberisches, er macht uns sogar glauben, das Erhabene gehöre uns an.

17. Dienstag

Sie sagen: Das mutet mich nicht an!
Und meinen, sie hättens abgetan.

18. Mittwoch

In meinem Revier
Sind Gelehrte gewesen;
Außer ihrem eignen Brevier
Konnten sie keines lesen.

19. Donnerstag

Das junge Volk, es bildet sich ein,
Sein Tauftag sollte der Schöpfungstag sein.
Möchten sie doch zugleich bedenken,
Was wir ihnen als Eingebinde schenken.

20. Freitag

Wer lügen will, muß sich erst selbst überreden.

21. Samstag · Laubhütte Anfang

Bleibe jeder weislich an seinem Ort,
Und tue das Beste, was er kann,
Und leide wie ein andrer Mann.

22. Sonntag

Was willst du lange vigilieren,
Dich mit der Welt herumvexieren?
Nur Heiterkeit und grader Sinn
Verschafft dir endlichen Gewinn.

23. Montag · Herbstanfang

Der Herbst ist immer unsre beste Zeit.

24. Dienstag

Wird uns eine rechte Qual zuteil,
Dann wünschen wir uns Langeweil.

25. Mittwoch

Die Welt ist so leer, wenn man nur Berge, Flüsse und Städte darin denkt, aber hie und da jemand zu wissen, der mit uns übereinstimmt, mit dem wir auch stillschweigend fortleben, das macht uns dieses Erdenrund erst zu einem bewohnten Garten.

26. Donnerstag

Wenn einer schiffet und reiset,
Sammelt er nach und nach immer ein,
Was sich am Leben, mit mancher Pein,
Wieder ausschälet und weiset.

27. Freitag

Habt ihr gelogen in Wort und Schrift,
Andern ist es und euch ein Gift.

28. Samstag · Laubhütten Ende

Willst du mit mir hausen,
So laß die Bestie draußen.

29. Sonntag · Gesetzesfreude

Wohl! Wer auf rechter Spur sich in der Stille siedelt;
Im Offnen tanzt sichs nur, solang Fortuna fiedelt.

30. Montag

Der Witz setzt immer ein Publikum voraus. Darum kann man den Witz auch nicht bei sich behalten. Für sich allein ist man nicht witzig.

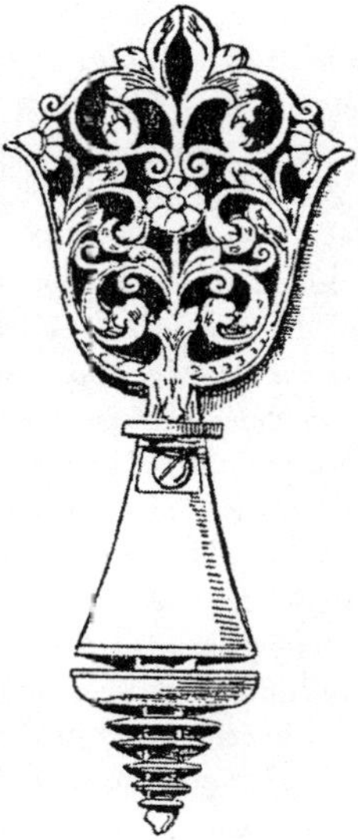

Seit der Flucht der Bauernknaben hatte mein Diener die vier Pferde [requiriertes Eigentum jener Knaben] durchzubringen gewußt, und sich nicht allein von Hans bis Grandpré, sondern auch von da, als er mir aus den Augen gekommen, über die Aisne geschleppt und immer so fort verlangt, begehrt, fouragiert, requiriert, bis wir zuletzt glücklich wieder zusammentrafen und nun, alle vereint und höchst vergnügt, nach Verdun zogen, wo wir genugsame Ruhe und Erquickung zu finden hofften ...

Aus: Campagne in Frankreich, 1792

Dieser zuverlässige und äußerst geschickte Bursche, seit 1777 in Goethes Diensten, kam aus kümmerlichsten Verhältnissen. Der Vater, »Clarinettist von dem Fürstlich Sachsen Weimarischen Löblichen Infanterie Regiment«, hatte – »mit der von Harras zu Gros Obringen sich davonmachend« – seine Frau mit vier halbwüchsigen Kindern in Elend und großer Not zurückgelassen. Darum nahm wohl Goethe, als er den Sechzehnjährigen einstellte, auch dessen jüngeren Bruder und die Mutter mit in sein Haus auf. Die »Götzin« machte sich im Haushalt nützlich; Paul aber, von Philipp Seidel umsichtig in seine Pflichten eingewiesen und gründlich für den Dienst zurechtgeschliffen, konnte 1788, als Seidel das Haus verließ, neben Sutor zu dessen Nachfolger aufrücken. Wie die beiden älteren Diener wurde auch er zu Goethes persönlicher Bedienung und zugleich zur Schreibarbeit herangezogen. Er führte die Tage- und Kassenbücher, bewährte sich aber besonders auf den Fahrten 1790 nach Venedig, nach Schlesien und besonders während des Feldzuges 1792 als ein Kutscher, der Goethes kleine Halbchaise mit Energie und Umsicht

Goethe auf Reisen · Bleistiftskizze von Paul Götze, um 1790

durch alle Fährnisse des fatalen Französischen Feldzuges zu steuern wußte.

Obwohl Goethe die Nähe dieses freundlich-tüchtigen, ihm treu ergebenen und zugleich selbständigen Mannes ungewöhnlich angenehm war, bat er, um dessen berufliches Fortkommen besorgt, 1794 den Herzog, ihm Götze als Condukteur bei der Jenaer Wegebaukommission, die Goethe unterstand, zu attachieren. Götze siedelte mit der Mutter nach Jena über, wo sich, wie zu erwarten war, wenn auch auf anderer Ebene, die gute Zusammenarbeit fortsetzte. Zudem zahlte Goethe, da das Salär des neuen Condukteurs schmal war, großzügig dessen Lohn, verbunden mit dem winzigen Gnadengehalt der Mutter, bis 1803 weiter.

Unverdrossen aber und das nun allerdings auch im eigensten Interesse – die Dienst-Correspondenz mit Herzog Carl August und Geheimrat Voigt ist Beleg – unterstützte Goethe tatkräftig seines Condukteurs redliche Anstrengungen im Sektor des schwierigen Wasser- und Wegebaus und übergab ihm zusätzlich gern Geschäfte, die Einfühlungsvermögen, Verläßlichkeit und Sinn für die in Weimar unerläßliche Sparsamkeit erforderten. So betreute Götze die oft recht komplizierten Bauvorhaben im Botanischen Garten, betreute die Umbauten innerhalb der Universitätsbibliothek, bewies aber auch, zu Geheimrat Voigts großer Erleichterung, erstaunliches Geschick im Vertrieb der wenig begehrten Ilmenauer Bergwerk-Kuxe und errichtete, mit der Bauleitung beauftragt, in kürzester Frist, nach dem Entwurf von Heinrich Gentz, im Frühjahr 1803 das Sommertheater von Bad Lauchstädt. – Leistungen, die den Aufstieg über den Commissar zum Wegebau-Inspector nach sich zogen. –

Trotz dieser vielfältigen Aufgaben fand Götze dennoch Zeit und Muße, um auch weiterhin Goethes Behagen, besonders in Jena, zu bedenken. Er mietete die Wohnungen, sorgte für die Holz- und Weinvorräte, sorgte, daß seine Mutter (wenn auch etwas »rauchricht«) für die Exzellenz kochte. – Daneben suchte er im Auftrag Goethes nach einem günstigen Gelände für die geplante Sternwarte, verkaufte mit Gewinn Schillers Haus, der nach Weimar umsiedelte. – Fühlte sich aber Goethe unwohl, sah er täglich nach ihm, und als der Dichter Ende der zwanziger Jahre wieder den Garten am Stern für sich entdeckte, wo es ihm, wie er im April 1828 an Zelter schrieb, gelänge, sich zu sammeln »und zu man-

chem guten Hervorbringen zu einigen und zu innigen«, lieferte ihm sein Wegebauinspektor im Mai 1830 die Ladung »kohlschwarzer und schneeweißer Saalkiesel« zu dem von Baudirektor Coudray entworfenen, einladenden Mosaik vor der Tür des Gartenhauses: für Goethe eine ihn an Italien erinnernde Augenweide. Drei Jahre nach des Dichters Tod vermerkt das Kirchenbuch zu Jena: »Am 23. März früh 1 Uhr, begr. 25. März 1835, Herr Georg Paul Götze, Großherz. Weimarischer Wegebau-Inspector allhier, 76 Jahre, 21 Tage, Gicht, war Wittwer und kinderlos.«

Im Sommer 1826 hatte Goethe seinen Porträtisten Joseph Schmeller beauftragt, den »werten Alten«, wie Goethe seinen Wegebauer zu nennen pflegte, für seine Sammlung zu zeichnen. Das Konterfei, Kreide auf bräunlichem Papier, bestätigt den Lebensgang. Ein kräftiger Schädel, die Züge derb, der Ausdruck: Redlichkeit, nicht ohne Bauern-Schläue, doch mit gutem Weltverstand begabt – ein Mann, fähig, die Widrigkeiten, wie sie der Alltag bringt, einem Goethe nach Möglichkeit abzunehmen.

Eingang zu Goethes Gartenhaus am Stern

DER EXZELLENZ WACKERER SPIRITUS

Goethe · Tag- und Jahreshefte, 1801 – Zu Anfang des Jahres überfiel mich eine grimmige Krankheit [Gesichtsrose] ... Ärzte sowohl als Freunde verlangten, ich solle mich in ein Bad begeben, und ich ließ mich, nach dem damaligen Stärkungssystem, um so mehr für Pyrmont bestimmen, als ich mich nach einem Aufenthalt in Göttingen schon längst gesehnt hatte. –
Begleitet von Sohn August und dem Diener Geist [den Schiller Goethes »wackeren Spiritus« nannte], reiste ich den 5. Juni von Weimar ab, und gleich die ersten Meilen waren mir höchst erfrischend; ich konnte wieder einen teilnehmenden Blick auf die Welt werfen und obgleich von keinem ästhetischen Gefühl begleitet, wirkte er doch höchst wohltätig auf mein Inneres. Ich mochte gern die Folge der Gegend, die Abwechslung der Landesart bemerken, nicht weniger den Charakter der Städte, ihre ältere Herkunft, Erneuerung, Polizei, Arten und Unarten. Auch die menschliche Gestalt zog mich an und ihre höchst merkbaren Verschiedenheiten; ich fühlte, daß ich der Welt wieder angehörte.

Ludwig Geist an Christiane · Göttingen, 6.6.1801 – Wertheste Demoiselle, so eben sind wir glücklich und gesund hier angelangt und finde es nun für meine Schuldigkeit, Ihnen doch eine kleine Skizze von unserer Reise zu geben. Am 5. Juni kamen wir zeitig in Erfurt an und hielten Mittag in Gräfin Tonna, einem artigen gothaischen Dorfe, von da gingen wir durch Langensalze und kamen bey guter Tageszeit noch in Mühlhausen an, der Herr Geheimde Rath und Augustchen (welche auf das herzlichste grüßen) gingen sogleich miteinander ein wenig spaziren und als dieselben zurück ins Wirthaus kamen, so sagte ich Augustchen, daß sich auch ein Trupp Schauspieler hier aufhielte, und selbst diesen Abend das Stück: Die neuen Arkadier aufgeführt würde. Sobald er das von mir gehört hatte, so konnte er nicht einmal, vor Begierde diese Gesellschaft zu sehen, diesen Abend ruhig essen und nachdem es der Herr Geheimde Rath erlaubt hatten, so gingen wir beyde diesem Spiel mit beyzuwohnen ... Der Fuhrmann hat uns sehr gut gefahren und der Herr Geh. Rath sind sehr zufrieden mit ihm. So weit schreibe ich diesesmal und empfehle mich mit aller Hochachtung Ihrem gütigen Wohlwollen -- Goethe · Tag- und Jahreshefte, Pyrmont – Der Fußpfad nach Lügde, zwischen abgeschränkten Weideplätzen her, ward von uns des öftern zurückgelegt. Eine uralte Kirche außerhalb des Ortes gab den ersten unschuldigen Begriff eines solchen früheren Gotteshauses mit Schiff und Kreuzgängen unter einem Dach bei völlig glattem unverzierten Vordergiebel. Man schrieb St. Kilian den Zeiten Karls des Großen zu – – –

Diener Geist notiert – Ein Orgelmacher aus Corfey hatte eine neue Orgel gebaut, auf der er etwas spielte. Sobald ich einige Töne hörte, so suchte ich auch, indem ich eine Treppe höher stieg, der Orgel näher zu kommen. Der erwähnte Orgelmacher war ein sehr artiger Mann, und nachdem er wohl etwas Musikalisches an mir merken konnte, so präsentirte er mir sein Werk, wo ich dann das Vergnügen hatte, mich daselbst eine ganze Stunde lang mit Orgelspiel zu unterhalten. Der Organist, welcher wegen der Nähe seines Logies wohl mein Spielen mochte gehört haben, kam ebenfalls in die Kirche und mit ihm noch viele Leute. – Er nannte sich Seiler und offerirte mir, wenn ich einmal während ihres

Durchgewachsene Rose

Catholischen Gottesdienstes hier spielen wollte, so sollte es mir nicht versagt seyn – nur schade war es, daß unsere Abreise so nahe vor der Tür war: Ja, er machte mir das Kompliment und fragte, ob nicht auch ich irgendwo in einer Kirche als Organist angestellt sey, denn ich käme ohnmöglich zum erstenmal auf die Orgel. (Fortsetzung S. 112)

OKTOBER

1\. Dienstag

Doppelt gibt, wer gleich gibt,
Hundertfach, der gleich gibt,
Was man wünscht und liebt.

2\. Mittwoch

Wer Wein machen kann, soll keinen Essig machen.

3\. Donnerstag · Tag der deutschen Einheit

Wem wohl das Glück die schönste Palme beut?
Wer freudig tut, sich des Getanen freut.

4\. Freitag

Nicht über Zeit- noch Landgenossen
Mußt du dich beklagen;
Nachbarn werden ganz andere Possen,
Und auch Künftige, über dich sagen.

5\. Samstag

Das unschätzbare Glück der Freiheit besteht nicht darin, daß man alles tut, was man tun mag, und wozu uns die Umstände einladen, sondern daß man ohne Hindernis und Rückhalt auf dem geraden Wege tun kann, was man für recht und schicklich hält.

6. Sonntag · Erntedank
Was uns irgend Großes, Schönes, Bedeutendes begegnet, muß nicht erst von außen her erinnert, gleichsam erjagt werden; es muß sich vielmehr von Anfang an in unser Inneres verweben, mit ihm eins werden, ein neueres, besseres Ich in uns erzeugen und so ewig bildend in uns fortleben und schaffen.

7. Montag
Die Liebe macht vieles Unmögliche möglich …

8. Dienstag
Schelme, Halbschelme sind wie die doppelfarbigen Mäntel, die man nach Gefallen umkehren kann.

9. Mittwoch
Du wirkest nicht, alles bleibt so stumpf.
Sei guter Dinge!
Der Stein im Sumpf
Macht keine Ringe.

10. Donnerstag
Im Idealen kommt alles auf die élans, im Realen auf die Beharrlichkeit an.

11. Freitag
Was einmal gut gedacht und gesagt ist, soll man ruhen lassen und nichts daran ändern.

12. Samstag
Tut dir jemand was zulieb,
Nur geschwinde, gib nur, gib.
Wenige getrost erwarten
Dankesblume aus stillem Garten.

13. Sonntag

Das Glück deiner Tage
Wäge nicht mit der Goldwaage.
Wirst du die Krämer-Waage nehmen,
So wirst du dich schämen und bequemen.

14. Montag

Habens gekauft, es freut sie baß;
Eh mans denkt, so betrübt sie das.

15. Dienstag

Warum man doch ewige Mißreden hört? Sie glauben sich alle etwas zu vergeben, wenn sie das kleinste Verdienst anerkennen.

16. Mittwoch

Viel Rettungsmittel bietest du! Was heißts?
Die beste Rettung: Gegenwart des Geists!

17. Donnerstag

Dann ist einer durchaus verarmt,
Wenn die Scham den Schaden umarmt.

18. Freitag

Der ist ein Tölpel, der sich nicht verwundern kann, auf den nicht die ewigen Naturgesetze in großen und kleinen Gegenständen – gleichviel wie groß oder klein die Masse ist – einen mächtigen Eindruck machen.

19. Samstag

Frage nicht nach anderm Titel,
Reinem Willen bleibt sein Recht!
Und die Schurken laß dem Büttel
Und die Narren dem Geschlecht.

20. Sonntag

»Dir warum doch verliert
Gleich alles Wert und Gewicht?«
Das Tun interessiert,
Das Getane nicht.

21. Montag

Willst du nichts Unnützes kaufen,
Mußt du nicht auf den Jahrmarkt laufen.

22. Dienstag

Es sind zu allen Zeiten die Individuen, welche für die Wissenschaft gewirkt. Nicht das Zeitalter. Das Zeitalter war's, das den Sokrates durch Gift hinrichtete, das Zeitalter, das Huß verbrannt; die Zeitalter sind immer gleich geblieben.

23. Mittwoch

»Nein! Heut ist mir das Glück erbost!«
Du, sattle gut und reite getrost!

24. Donnerstag

Wenn ein großer Mensch ein dunkel Eck hat, dann ists recht dunkel.

25. Freitag

Mancher klopft mit dem Hammer an der Wand herum und glaubt, er treffe jedesmal den Nagel auf den Kopf.

26. Samstag

Seh ich an andern große Eigenschaften,
Und wollen die an mir auch haften,
So werd ich sie in Liebe pflegen;
Geht's nicht, so tu ich was anders dagegen.

27. Sonntag

Denn eben, wo Begriffe fehlen,
Da stellt ein Wort zur rechten Zeit sich ein.
Mit Worten läßt sich trefflich streiten,
Mit Worten ein System bereiten,
An Worte läßt sich trefflich glauben,
Von einem Wort läßt sich kein Jota rauben.

28. Montag

Unwissende werfen Fragen auf, welche von Wissenden vor tausend Jahren schon beantwortet sind.

29. Dienstag

Willst du das Gute tun, mein Sohn,
So lebe nur lange, da gibt sichs schon;
Solltest du aber zu früh ersterben,
Wirst du von Künftigen Dank erwerben.

30. Mittwoch

Was fragst du viel: Wo wills hinaus?
Wo oder wie kanns enden?
Ich dächte, Freund, du bliebst zu Haus
Und sprächst mit deinen Wänden.

31. Donnerstag · Reformationsfest

Nur in dem, was der Mensch tut, zu tun fortfährt, worauf er beharrt, darin zeigt er Charakter.

Im Unterschied zu Sutor oder Götze, die ohne nennenswerte Vorbildung den Goetheschen Dienst angetreten hatten, brachte Johann Ludwig Geist, eines Berkaer Korbmachers Sohn und Absolvent des Weimarer Lehrerseminars, außer seinem Orgelspiel eine gediegene Schulbildung und respektable Kenntnisse in Latein und Botanik mit, besaß dafür aber sicherlich nur vage Vorstellungen von den Pflichten eines Kammerdieners. – Doch reibungslos glitt der junge Mann in den neuen Aufgabenbereich, fügte sich gewandt in den großen Haushalt, war Kammerdiener, half seinem Herrn beim An- und Auskleiden, servierte die Morgenschokolade, sah nach der Garderobe und der Wäsche. Das Tagebuch, die Kassenbücher führte er mit großer Akkuratesse und sorgte auf Reisen für Unterkunft und Fahrgelegenheit. – Zugleich bewährte er sich als ein Schreiber, der sensibel und intelligent allen Schreibwünschen Goethes nachkam. Er erledigte die Post, fixierte wissenschaftliche Beobachtungen und Überlegungen, hielt jedoch auch, nach Diktat, den poetischen Einfall, den philosophischen Gedanken fest. – Die Reinschrift der Xenien *im Frühjahr 1796 bezeichnete Goethe als seines Schreibers »wohlgelungenes Gesellenstück«. Kopien umfangreicher Texte folgten, Rollen für die Theaterpraxis waren auszuschreiben und schwierige, alle Aufmerksamkeit fordernde Kataloge und Verzeichnisse zu erstellen. – Wenn Schiller Geist als »Goethes wackeren Spiritus« rühmte, so erklärte Goethe dankbar, glücklich zu sein, »einen Geist zur rechten Hand zu haben«. Doch bei allem Diensteifer besaß Geist noch Selbständigkeit genug, eigenen Interessen nachzugehen.*

Dem Orgelspiel, der Botanik gehörte weiterhin seine Neigung, und die Tagebücher, die er besonders auf Rei-

sen (neben Goethes Diarien) schrieb, zeigen Originalität und Freude am Dasein.
Doch auch von diesem Mann, seit 1795 Diener, Helfer, Sekretär, löste sich, sorglich seine berufliche Zukunft bedenkend, Goethe im Frühjahr 1804. Er verschaffte ihm Zugang zum Hofmarschallamt, wo er vom Stallschreiber zum »Amts-Rechnungs Revisor« aufstieg. – Da er erst 1818 heiratete und kinderlos blieb, vermochte er ungestört, in geradezu biedermeierlichem Frieden, seinen Garten zu pflegen, Blumen zu züchten und die Resultate unter verschiedensten Gesichtspunkten zu registrieren. – Goethe brachte er gern »Monstrositäten«: einen verwachsenen Maiskolben, eine Vivia Faba, eine Weber-Kardendistel, der Exzellenz interessant als Beleg eigener botanischer Theorien. Goethe ließ die eigentümlichen Pflanzengebilde sorgfältig zeichnen und schenkte das Portefeuille, mit zehn kolorierten Blättern zur »Erläuterung der Metamorphose der Pflanzen nach Goethe«, Weihnachten 1830 der Großherzogin Maria Pawlowna.

Geist aber schrieb im Juni 1831 seinem alten Herrn, daß er stolz sei, eine geraume Zeit in seinen Diensten gewesen zu sein und so Gelegenheit gehabt zu haben, sich »durch die Nähe eines so hohen Vorbilds manche Tugend anzueigenen, die nun sein Glück vollkommen gegründet hatten«.

»Erlauben Ew. Exzellenz mir«, fuhr er fort, »von Zeit zu Zeit persönlich erscheinen zu dürfen, um den Dank, den ich gegen Ew. Exzellenz im Herzen täglich auszusprechen mich verpflichtet fühle, noch recht oft wiederholen zu können ...«

»Wir haben beschlossen«, wurde Geist mit einem großherzoglichen Handschreiben am 11. März 1843 mitgeteilt, »den Hof Revisor Johann Ludwig Geist in Berücksichtigung der von ihm seit einer langen Reihe von Jahren geleisteten treuen Dienste, in den wohlverdienten Ruhestand zu versetzen und ihm eine entsprechende Pension von Vier Hundert und Fünfzig Thalern jährlich zu verleihen.« –

Geist genoß die Jahre, seinen Liebhabereien hingegeben. Am 1. April 1854 aber hält das Kirchenbuch fest, daß er still an Altersschwäche gestorben sei.

Goethes Hausgarten · Steindruch, um 1830

»DER CARLE! – DER CARLE!«

Aus Stadelmanns Tagebuch von der Reise mit Goethe nach Wiesbaden im Sommer 1815

Den 24ten Mai – Des Morgens fünf Uhr fuhren wir von Weimar ab. Das Wetter war zweifelhaft, kalt und windig, der Weg trocken und gut, und so gelangten wir gegen acht Uhr bei Erfurt an, wo alles an den Werken der Festung arbeitete. Wir bekamen statt eines Pferdes ein Maultier, das immer zurück wollte. Sobald aber die Stadt hinter uns lag, haben wir noch nie eine so schnelle Fahrt gehabt, denn gegen elf Uhr waren wir schon in Gotha. Wir bekamen Pferde und um drei Uhr gelangten wir in Eisenach an ...

Den 25. Mai früh sechs Uhr fuhren wir ab. Es war regnerigt. Wir fuhren auf der schönen Basaltchaussee sehr schnell vorwärts, wobei eine Wolke so viel Regen fallen ließ, daß ich [auf dem Kutschbock] durch und durch naß wurde, welches aber den Tag über wieder trocknete. In Berka trank ich dann einen Schnaps und hatte meinen Scherz mit den Waschweibern über Regen und Sonnenschein. – Gegen ein Uhr kamen wir in Buttlar an. Im vorigen Jahr, wo noch alles von den Durchzügen der Franzosen in Schutt und Asche lag, da war es ein elender Aufenthalt. Es war der Tag des Fronleichnamsfestes. Es war angesetzt, daß wir in Hünefeld zu Mittag essen sollten, als ich aber im Posthause in die Küche trat, wurde ich Spargel gewahr, der soeben auf den Tisch des Postmeisters spazieren sollte. Halt! dacht ich, das ist etwas für meinen Herrn! – geschwind am Wagen und die Nachricht gebracht! Der Herr stieg aus und verzehrte des Herrn Postmeisters Spargel. Dann ging es weiter nach Hünefeld, von da nach Fulda, wo der

Goethe unterwegs · Skizze von W. M. Thackeray, Weimar 1830

Postmeister eine große Freude hatte, uns wieder zu sehn … Die zwei Mädchen im Hause waren sehr behülflich und munter; sie taten alles, was sie mir nur an den Augen ablesen konnten. Sie waren höflich, scherz-

haft und vergnügt, so daß ich die größte Zeit in der Küche zubrachte und sie mit allerlei Possen unterhielt. – Früh hatte ich zur bestimmten Zeit meinen Kaffee, was man sonst in einem Gasthof selten trifft.
Den 26. Mai, morgens 5 Uhr fuhren wir los nach Neuhof. Der Weg führt über die Brücke, auf welcher die Bildsäulen von verschiedenen Bischöfen stehn, der Höhe zu, von wo die schönste Aussicht über die ganze Gegend ist, bei heiterem Wetter so bezaubernd, daß man sich nicht satt sehen kann ... Wir langten bei guter Zeit in Neuhof an und fanden bald andere Pferde. Ich bezahlte das Postgeld, wir fuhren ab. – Unter der Zeit, daß wir hielten, zeichnete mein Herr im Wagen im artigen Umriß alle Häuser, nebst Brücke und Straßen, soweit er sehen konnte. –
Die Reise ging weiter nach Gellnhausen. Der Postillion war einer von den Rechten. Durch Saalmünster ging die Fahrt ganz langsam, dann aber kam die herrliche Chaussee, und mein Schwager schwang die Peitsche, dann ging es wie ein Pfeil bis Gellnhausen, selbst Anhöhen hinauf. Ich fragte ihn darüber, er aber antwortete: ich kenne meine Pferde! – – – Ein kleines Stück vor Hanau wechselten die Pferde. Wir bekamen statt drei zwei Pferde, aber noch nie sind wir so schnell gefahren als hier und kamen bei guter Zeit in Frankfurt an. Wir fuhren, da wir am andern Morgen so früh als möglich nach Wiesbaden abreisen wollten, am Schwan an.

Im Jahr zuvor, am 29.7.1814, hatte Goethe auf seiner ersten Fahrt an Main und Rhein Christiane nach Weimar berichtet: »Also fuhr ich zu Frankfurt ein, Freitag abends, den 28., die Stadt war illuminiert und ich, wie Fritz Frommann, nicht wenig über diese Attention betroffen. Allein meine Bescheidenheit fand einen Schlupfwinkel, indem der König von Preußen [Friedrich Wilhelm III.], gleichfalls incognito angekommen war. Ich bedankte mich daher nicht und ging, auf Carlen gestützt, durch die erhellte Stadt hin und her. – Wo die Lampen nicht leuchteten, schien der Mond desto heller. Auf der Brücke verwunderte ich mich über die neuen Gebäude und konnte überall wohl bemerken, was sich verschlimmert hatte, was bestand und was neu heraufgekommen war. Zuletzt ging ich an unserm alten Haus vorbei. Die Hausuhr schlug drinne. Es war ein sehr bekannter Ton, denn der Nachfolger im Hausbesitz hatte sie in der Auktion gekauft und sie am alten Platz stehen lassen. Gar vieles war in der Stadt unverändert geblieben.«

Carl Stadelmanns Tagebuch · Fortsetzung – In Frankfurt versuchte ich noch am Abend unserer Ankunft den Paß visirt zu bekommen, allein es war zu spät, die Herren waren schon nach Hause, und wir mußten warten bis andern Morgens halb neun Uhr, ehe ich den Zettel zum Auslassen bekam … Doch eilte ich noch auf die Post und bestellte die Pferde. Am andern Morgen, als ich alles aufgepackt hatte, ging ich nach dem Bureau, mußte aber fünf Viertelstunden stehen, ehe mir der Paß ausgehändigt wurde.
Den 27. Mai um 2 Uhr kamen wir jedoch glücklich in Wiesbaden an. Als ich in die Küche trat, schrie alles: Der Carle! – Der Carle!

NOVEMBER

1. Freitag · Allerheiligen
Große Gedanken und ein reines Herz, das ists, was wir uns von Gott erbitten sollten!

2. Samstag · Allerseelen
Lange leben heißt gar vieles überleben, geliebte, gehaßte, gleichgültige Menschen, Königreiche, Hauptstädte, ja Wälder und Bäume, die wir jugendlich gesät und gepflanzt. Wir überleben uns selbst und erkennen durchaus noch dankbar, wenn uns auch nur einige Gaben des Leibes und Geistes übrig bleiben. Alles dieses Vorübergehende lassen wir uns gefallen; bleibt uns nur das Ewige jeden Augenblick gegenwärtig, so leiden wir nicht an der vergänglichen Zeit.

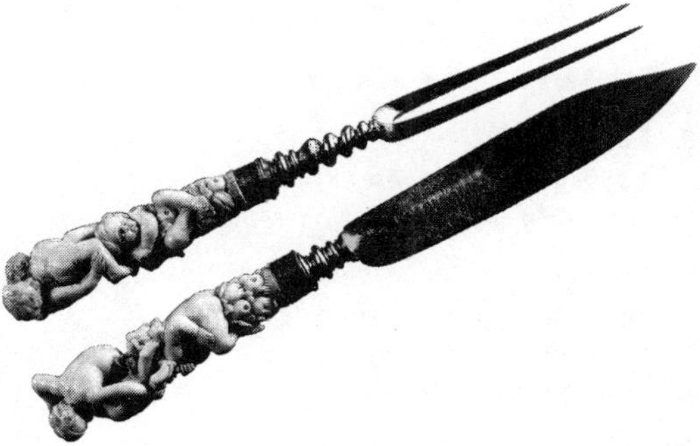

3. Sonntag
Alles Lyrische muß im ganzen sehr vernünftig, im einzelnen ein bißchen unvernünftig sein.

4. Montag
Nur männliche tüchtige Geister werden durch Erkennen eines Irrtums erhöht und gestärkt.

5. Dienstag
Mit Widerlegen, Bedingen, Begrimmen
Bemüht und brüstet mancher sich;
Ich kann daraus nichts weiter gewinnen,
Als daß er anders denkt wie ich.

6. Mittwoch
Was nicht originell ist, daran ist nichts gelegen, und was originell ist, trägt immer die Gebrechen des Individuums an sich.

7. Donnerstag
Denn bei den alten, lieben Toten
Braucht man Erklärung, will man Noten;
Die Neuen glaubt man blank zu verstehn,
Doch ohne Dolmetsch wird's auch nicht gehn.

8. Freitag
Langeweile ist ein böses Kraut,
Aber auch eine Würze, die viel verdaut.

9. Samstag
In des Weinstocks herrliche Gaben
Gießt ihr mir schlechtes Gewässer!
Ich soll immer unrecht haben,
Und weiß es besser.

NOVEMBER

10. Sonntag

Laß nur die Sorge sein,
Das gibt sich alles schon;
Und fällt der Himmel ein,
Kommt doch eine Lerche davon.

11. Montag

Du bist sehr eilig, meiner Treu!
Du suchst die Tür und läufst vorbei.

12. Dienstag

Übers Niederträchtige
Niemand sich beklage;
Denn es ist das Mächtige,
Was man dir auch sage.

13. Mittwoch

Man vergißt über dem Guten, was man durch Verneinung und Abwendung hervorzubringen sucht, dasjenige, was man bejahend fördern könnte und sollte.

16. Donnerstag

Sie glauben miteinander zu streiten,
Und fühlen das Unrecht von beiden Seiten.

15. Freitag

Es ist besser, daß Ungerechtigkeiten geschehen, als daß sie auf eine ungerechte Weise gehoben werden.

16. Samstag

Ihr laßt nicht nach, ihr bleibt dabei
Begehret Rat, ich kann ihn geben;
Allein, damit ich ruhig sei,
Versprecht mir, ihm nicht nachzuleben.

17. Sonntag · Volkstrauertag
Es wiederholt sich alles Bedeutende im großen Weltgange, der Achtsame bemerkt es überall.

18. Montag
Wer sich von nun an nicht auf eine Kunst oder Handwerk legt, der wird übel dran sein. Das Wissen allein fördert nicht mehr bei dem schnellen Umtriebe der Welt.

19. Dienstag
Das Alter kann kein größeres Glück empfinden, als daß es sich in die Jugend hineinwachsen fühlt und mit ihr fortwächst.

20. Mittwoch
Keiner bescheidet sich gern mit dem Teile, der ihm gebühret, und so habt ihr den Stoff immer und ewig zum Krieg.

21. Donnerstag
Umstülpen führt nicht ins Weite;
Wir kehren, frank und froh,
Den Stumpf auf die linke Seite
Und tragen ihn so.

22. Freitag
Sagt nur nichts halb:
Ergänzen, welche Pein!
Sagt nur nichts grob:
Das Wahre spricht sich rein.

23. Samstag
Man frage nicht, ob man durchaus übereinstimmt, sondern ob man in einem Sinne verfährt.

24. Totensonntag

Eine Bresche ist jeder Tag,
Die viele Menschen erstürmen.
Wer auch in die Lücke fallen mag,
Die Toten sich niemals türmen.

25. Montag

Der Glückliche, der Behagliche hat gut reden, aber schämen würde er sich, wenn er einsähe, wie unerträglich er dem Leidenden wird.

26. Dienstag

Immer zu mißtrauen, ist Irrtum, wie immer zu trauen.

27. Mittwoch

Wem's nicht gegeben wird, wird's nicht erjagen.

28. Donnerstag

In der Schmiede erweicht man das Eisen, indem man das Feuer anbläst und dem Stabe seine überflüssige Nahrung nimmt; ist er aber rein geworden, dann schlägt man ihn und durch die Nahrung eines fremden Wassers wird er wieder stark. Das widerfährt dem Menschen von seinem Lehrer.

29. Freitag

Wer geringe Ding' wenig acht't,
Sich um geringere Mühe macht.

30. Samstag

Zwischen heut und morgen
Liegt eine lange Frist:
Lerne schnell besorgen,
Da du noch munter bist.

Stadelmanns Tagebuch · Wiesbaden, 4.6.1815 – Mittags fuhr der Herr nach Schloß Biebrich zur Tafel. Indessen ging ich am Rhein spazieren und suchte Steine am Ufer. Unter andern fand ich ein Stück, welches grüner Talkstein zu seyn schien, doch wurde es im Wasser violett wie der Amethist. Ich zeigte es dem Herrn bei seiner Zurückkunft, und er meinte, es wäre Flußspath. Er sprach deshalb mit Oberbergrath Kramer, dieser erklärte es für amethistartig. Weitere Proben ergaben, daß das Stück weder Amethist noch Flußspath sei, sondern ein im Wasser schön violett werdender Quarz.

Polizeirat Grüner · Marienbad, 30.6.1822 – Bei meinem Besuch drückte ich Goethe meine Bewunderung über die in Marienbads Umgebung gesammelten Mineralien aus. Darauf Goethe: Nicht wahr, mein Stadelmann hat schon viel Gutes zusammengeschleppt, die Gegend ist sehr interessant, auch ist er am Fundort der Augiten gewesen, und, wie Sie sehen, habe ich eine schöne Suite beisammen. Am 1ten August – Stadelmann hatte blaue, gelbe und weiße Bögen in kleine Quadrate liniert, welche ausgeschnitten, auf jedes Gestein gepicht, mit Nummern versehen und verzeichnet wurden …

Sorets Erinnerungen, 16.5. 1824 – Heute mit den Herren Meyer und Riemer den ganzen Abend bei Goethe. Die Unterhaltung wird deutsch geführt. Lebhaftes Gespräch über serbische Gedichte, von denen Goethe einige vorliest und erklärt, daß sie vom ersten Vers an alles auf die Spitze trieben und fast alle mit schauderhaften Mordgeschichten enden. In diesem Augenblick tritt Stadelmann ins Zimmer und unterbricht mit einer

Art Triumphgebärde unsere Unterhaltung. Er wendet sich an Goethe: »Gestatten Exzellenz, ich muß Ihnen eine Entdeckung mitteilen.«
Goethe: »Nun, Stadelmann, laß sehen!«
Stadelmann: »Also, ich nehme dies Glas Wein und stelle es auf ein weißes Blatt Papier, so, und hierhin ein Licht; das Licht scheint durch den Wein und bildet auf dem Papiere drei Sonnen und einen Regenbogen, ganz wie wir das neulich am Himmel beobachtet haben. Dreht man das Glas so, dann ist hier die Sonne; so, dann werden es zwei, und so drei, und hier ist der Regenbogen und hier der helle und der dunkle Kreis.«
Goethe: »Stadelmann ist ein Genie, er wetteifert mit der lieben Natur; er ist sogar sparsamer als sie, er braucht nur ein Glas Weißwein, um ihren ganzen Himmelsraum zu schaffen. Los! Stadelmann, drehe dein Glas noch einmal!«
Ich: »Das ist doch merkwürdig, daß diese Bewegung genügen soll, um derart verschiedene Lichterscheinungen zu bilden.«
Goethe: »Und der Schliff des Glases, Herr Kristallograf?«
Ich: »Wahrhaftig! Daran habe ich nicht gedacht; alle Augenblicke ertappe ich mich dabei, wie ich durch ein geschliffenes Glas sehe, ohne sofort daran zu denken.«
Goethe: »Sehr schön, Freund Stadelmann, du kannst dein Glas und deine drei Sonnen hier lassen, wir wollen sie noch etwas näher betrachten.«
Stadelmann: »Nicht wahr, das ist doch sehr auffallend, das ist höchst merkwürdig; und ich habe für das Experiment nur eine halbe Stunde gebraucht; wenn ich nur die Zeit dazu hätte, ich würde noch viel anderes entdecken.«
Goethe: »Davon bin ich überzeugt.« –

Im Gegensatz zu den oft recht jungen Burschen, die Goethe sich gewöhnt hatte, in Dienst zu nehmen, war Stadelmann, als er 1814 am Frauenplan eintrat, bereits über dreißig; war Buchdruckergeselle, war verheiratet, war auch bereits Jahre Diener in einem großen Haus gewesen. – Sein Witz, sein Temperament gefielen Goethe. Dicht zog er ihn an sich heran. Kaum ein anderer Dienername taucht so häufig in Goethes Tagebüchern und Briefen, doch auch in der Erinnerung der Zeitgenossen auf wie der Stadelmanns. – Er saß munter, die weite Welt musternd, auf dem Kutschbock, »organisierte« im Vorüberfahren flink eine frischeste Portion Spargel für seinen Herrn, spähte auch sonst unablässig, »um Fröhlichkeit zu bereiten, nach etwas Gutem und Passendem zu einem kleinen Frühstückchen für Exzellenz« – machte aber ebenso lebhaft und noch dazu rasch auffassend des Dichters Interessen zu seinen eigenen. Er sammelt die Kräuter und Blumen rechts und links des Wegs; »durchpocht« mit und für Goethe die Berge in Thüringen und Böhmen; schleppt, kennerisch zusammengesucht, zentnerweise das Gestein herbei; er fertigt, erfahren als Buchdrucker und *Mineraloge, zu Geschenkzwecken Gipsabgüsse Goethescher Gedenkmünzen; klebt zierlichste Kästchen für des Herzogs Edelstein-Sammlung (und er betreibt, mit gebotener Diskretion, einen kleinen Privathandel mit den »Locken Sr. Exzellenz«, wobei er genau angibt, daß »die Locke No 1 geschnitten ist den 2ten Merz 1823, einige Tage im Laufe seiner Genesung. Die Locke No 2 ist geschnitten den 18ten September in demselben Jahr.«)*

Am 8. Juni 1824 vermerkt das Tagebuch: »Mit Stadelmann ausgeräumt zur Vorbereitung auf Herrn Rauchs

Sammelkorb aus Goethes Besitz

Ankunft«, der an dem Modell des geplanten Frankfurter Goethedenkmals arbeitete. Man darf annehmen, daß Stadelmann, wie vier Jahre zuvor in Jena, woran sich der Bildhauer gern erinnerte, wieder dienend und helfend zur Hand ging. – Doch am 1. Juli findet sich plötzlich im Tagebuch die Notiz: »Stadelmanns Abgang. Nöthige Einrichtungen deßhalb«, und August von Goethe schreibt an seine Frau: »Stadelmann ist nun abgegangen und im Haus eine ordentliche Ruhe.« – Es läge in seiner Art, hatte Goethe in den Tag- und Jahresheften von 1795 erklärt, unbequeme Menschen, wenn sie es ihm nicht zu arg machten, fortzudulden, dann aber ein Verhältnis, das ihn störte, meist mit Ungestüm abzubrechen. Das war nun Stadelmann widerfahren. – Abrupt und endgültig hatte sich Goethe von »dem treu-

en, guten Menschen«, dem »sorgfältigen Diener«, dem »regsamen, leidenschaftlichen Bergfreund« getrennt. Der Grund: Stadelmanns Trunksucht.

Er ging nach Jena zurück; arbeitete gelegentlich in seinem alt-erlernten Beruf als Buchdrucker, half in einem optischen Institut aus, verlor aber, als ihm 1834 auch noch die Frau starb, jeden Halt und endete im »Jenaischen Armen- und Arbeitshaus«. – Doch 1844 geriet er noch einmal in Goethes Umkreis. In Frankfurt sollte endlich das lang geplante, nun von Schwanthaler errichtete Goethedenkmal enthüllt werden. Man hätte gerne Goethes Enkel bei dem Festakt gesehen, die aber absagten. Ebenso Riemer, den die Gicht plagte. Da verfiel man auf Carl Stadelmann, als »der letzten großen, lebendigen Ruine des Dichter-Heros«; steckte ihn »in einen sauberen, schwarzen Anzug, kaufte ihm einen neuen Hut« …

Er aber muß an dem 22. Oktober, als er freundlich geehrt, im engsten Kreis der Festteilnehmer die Hülle des Denkmals fallen sah, so sympatisch gewirkt haben, daß man beschloß, ihm eine kleine Rente auszusetzen. – Amalie Schoppe, die viel gelesene Hamburger Romanautorin, die schon dem jungen Hebbel den Weg geebnet hatte und die zufällig ein paar Jahre in Jena lebte, berichtet, wie glücklich Stadelmann aus Frankfurt zurückkehrte, wie er, den sie immer noch als »gewinnend« bezeichnete, ihr strahlend Zeichen der Frankfurter Zuneigung vorgewiesen habe. – Dann aber überkam ihn, zurück im Armenhaus, das Elend. Er trank. Wieder nüchtern, stieg er zum Dachboden hinauf und erhängte sich an einem Balken. – Am Tag darauf traf die erste Rentenzahlung aus Frankfurt ein.

Verblüffend und erheiternd ist, daß gerade dieser arm-

selig zugrunde gegangene Mann zum Patron einer Gesellschaft wurde, die, wie Ernst Beutler schreibt, »eigentlich nicht existiert«, die sich jedoch im Namen dieses treuen, skurrilen, fixen, munteren Burschen konstituierte – gleichsam die vergnügliche (vom gleichen Personenkreis getragene!) Parodie der feierlich-ernsten Goethe-Gesellschaft. Beim Punsch wurde die »Jahresversammlung der Stadelmann-Gesellschaft« inszeniert, wurden analog zu den gewichtigen »Schriften der Goethe-Gesellschaft« im Laufe der Jahre die 21 »Schriften der Stadelmann-Gesellschaft« ediert. – Stück um Stück, kaustisch-köstlich, rarissima, launig, verspielt, ernst. – Carl Stadelmanns Andenken sind drei Titel gewidmet.

Warum das Leben, das Lebendige hassen?
Beschaue nur in mildem Licht
Das Menschenwesen, wiege zwischen Kälte
Und Überspannung dich im Gleichgewicht;
Und wo der Dünkel hart ein Urteil fällte,
So laß ihn fühlen, was ihm selbst gebricht;
Du selbst kein Engel, wohnst nicht unter Engeln,
Nachsicht erwirbt sich Nachsicht, liebt geliebt.
Die Menschen sind, trotz allen ihren Mängeln,
Das Liebenswürdigste, was es gibt.
Fürwahr, es wechselt Pein und Lust.
Genieße wenn du kannst, und leide wenn du mußt,
Vergiß den Schmerz, erfrische das Vergnügen.
Zu einer Freundin, einem Freund gelenkt,
Mitteilend lerne wie der andre denkt.
Gelingt es dir den Starrsinn zu besiegen,
Das Gute wird im Ganzen überwiegen.

Maskenzug, 1818

Johann August Friedrich John · Bleistiftskizze von Johann Joseph Schmeller, 1831

»MEIN HAUS- UND CANZLEYGENOSSE«

»Meinen Haus- und Canzleygenossen« nannte Goethe den jungen John, der im November 1814 in seine Schreibstube einzog und dort bis zu des Dichters Tod im März 1832 treulich seinen Pflichten nachkam. – Er sei, hatte Goethe im Dezember 1815 Minister Voigt geschrieben, ein brustkranker Mensch, der aus dem Feldzug (den

(Fortsetzung S. 136)

DEZEMBER

1. Erster Advent
Wer im stillen um sich schaut,
Lernet, wie die Lieb erbaut.

2. Montag
Unmöglich ists, den Tag dem Tag zu zeigen,
Der nur Verworrnes im Verworrnen spiegelt.

3. Dienstag
Das Christentum ist so tief in der menschlichen Natur und ihrer Bedürftigkeit begründet, daß auch in dieser Beziehung mit Recht zu sagen ist: Des Herrn Wort bleibet ewiglich.

4. Mittwoch
Wären die Menschen en masse nicht so erbärmlich, so hätten die Philosophen nicht nötig, im Gegensatz so absurd zu sein.

5. Donnerstag
Stämme wollen gegen Stämme pochen,
Kann doch einer, was der andre kann!
Steckt doch Mark in jedem Knochen,
Und in jedem Hemde steckt ein Mann.

6. Freitag · Sankt Nikolaus
Gold kauft die Stimme großer Haufen,
Kein einzig Herz erwirbt sie dir.

7. Samstag
»Du hast nicht *recht!« Das mag wohl sein;*
Doch das zu sagen, ist klein;
Habe mehr *recht als ich! das wird was sein.*

8. Zweiter Advent
Es ist doch gewiß, daß in der Welt nichts notwendiger macht als die Liebe.

9. Montag
Überall will jeder obenauf sein,
Wie's eben in der Welt so geht.
Jeder sollte freilich grob sein,
Aber nur in dem, was er versteht.

10. Dienstag
Ein Bösewicht gelangt zu keiner Größe.

11. Mittwoch
Auch einsichtige Menschen bemerken oft nicht, daß sie erklären wollen, was Grunderfahrungen sind, bei denen man sich beruhigen müßte.

12. Donnerstag
Ihr meint, ich hätt mich gewaltig betrogen;
Habs aber nicht aus den Fingern gesogen.

13. Freitag
Was dem Enkel so wie dem Ahn frommt,
Darüber hat man viel geträumet;
Aber worauf eben alles ankommt,
Das wird vom Lehrer gewöhnlich versäumet.

14. Samstag
Das ist bei manchem Entbehren der große Vorteil hohen Alters, sich ein ganzes Jahrhundert vorführen zu können und es beinahe als persönlich gegenwärtig anzuschauen.

15. Dritter Advent

In einem Augenblick gewährt die Liebe,
Was Mühe kaum in langer Zeit erreicht.

16. Montag

Noch spukt der babylonische Turm,
Sie sind nicht zu vereinen!
Ein jeder Mann hat seinen Wurm,
Kopernikus den seinen.

17. Dienstag

Das schönste Zeichen der Originalität ist, wenn man einen empfangenen Gedanken dergestalt fruchtbar zu entwickeln weiß, daß niemand leicht, wie viel in ihm verborgen liege, gefunden hätte.

18. Mittwoch

Das sind die besten Interessen,
Die Schuldner und Gläubiger vergessen.

19. Donnerstag

Je mehr man kennt, desto mehr man weiß,
Erkennt man: alles dreht im Kreis.

20. Freitag

Aus Verbindungen, die nicht bis ins Innerste der Existenz gehen, kann nichts Kluges werden.

21. Samstag

Hab ich gerechterweise verschuldet
Diese Strafe in alten Tagen?
Erst hab ichs an den Vätern erduldet,
Jetzt muß ichs an den Enkeln ertragen.

22. Vierter Advent · Winteranfang

Der Winter ist den Kindern hold,
Die jüngsten sind's gewohnt.
Ein Engel kommt, die Flügelein Gold,
Der guten Kindern lohnt.

23. Montag

Der Mensch muß gewohnt sein, die Religion des Herzens und die der Kirche als das große Sakrament zu sehen, das sich zergliedert und diesen Teilen seine Heiligkeit, Unzerstörlichkeit und Ewigkeit mitteilt.

24. Heiligabend

Der Weihnachtsbaum war mütterlich geschmückt,
Die Kinder harrten mit Verlangen,
Und das Ersehnte wird herangerückt,
Das holde Fest wird glanzvoll früh begangen.

25. Weihnachten

Gott hat den Menschen gemacht
Nach seinem Bilde;
Dann kam er selbst herab,
Mensch, lieb und milde.

26. Stephanstag

Wer Gutes tun will, der sei erst gut!

27. Freitag

Alle Mystik ist ein Transzendieren und ein Ablösen von irgendeinem Gegenstande, den man hinter sich zu lassen glaubt.

28. Samstag

Die Güte des Herzens nimmt einen weiteren Raum ein als der Gerechtigkeit geräumiges Feld.

29. Sonntag

»Warum ist Wahrheit fern und weit?
Birgt sich hinab in tiefste Gründe?«
Niemand versteht zur rechten Zeit! –
Wenn man zur rechten Zeit verstünde,
So wäre Wahrheit nah und breit,
Und wäre lieblich und gelinde.

30. Montag

Auf diesem beweglichen Erdball ist doch nur in der wahren Liebe, der Wohltätigkeit und den Wissenschaften die einzige Freude und Ruhe.

31. Silvester

Liegt dir Gestern klar und offen,
Wirkst du heute kräftig frei.
Kannst auch auf ein Morgen hoffen,
Das nicht minder glücklich sei.

John als Freiwilliger mitgemacht hatte) noch ungesunder heimgekehrt wäre. Er schreibe jedoch eine gute Hand und qualifiziere sich gar wohl zu einem stillen Leben und anhaltendem Geschäft, weshalb er vorschlage, John zusätzlich in der »Oberaufsicht der Anstalten für Kunst und Wissenschaft« zu beschäftigen. Das geschah, so daß John in der »Oberaufsicht« beamtet und zugleich Goethes privater Schreiber war. Nach Goethes Tod arbeitete er innerhalb der Landesregierung als dritter Kopist weiter.

Etwa fünfhundertmal taucht Johns Name in Goethes Tagebuch auf, stets im Zusammenhang mit den Aufgaben, die er zu erfüllen hatte. Zuerst und immer wieder die Herstellung der Goetheschen Manuskripte, das Aufnehmen und Schreiben der sich weit verzweigenden Korrespondenz, die Führung des Tagebuchs, auch die Führung der oft recht komplizierten Haushaltsbücher, doch auch, da John als Sohn eines Malermeisters ein guter Zeichner und geschickter Dekorateur war, die Pflege des Goetheschen Kunstbesitzes.

Goethe bedachte diesen zuverlässigen und ungewöhnlich diskreten Mann in seinem Testament mit einem Legat von 200 Talern. Zuvor aber war 1831 Schmellers Ölbild »Goethe, seinem Schreiber John diktierend« entstanden, gleichsam ein bescheiden-freundliches Denkmal langer Dienste.

Caroline Ulrich · Miniatur von unbekannter Hand

ARABESKE

Ferd. Heinke · Tagebuch, November 1813 – Nach dem Theater wird Abendbrot im Goetheschen Haus eingenommen. In Fräulein Ulrich lernte ich einen höchst liebenswürdigen Sekretär von Goethe kennen, der er ambulando zu diktieren pflegt. – Riemer, 10ter November – Zu Goethe, der eben der Ulrich diktierte. – Den 16ten Dezember – Erzählte Goethe seine Vorarbeiten und Schema zur Italienischen Reise, die er der Ulrich diktiert.

Goethe an T. J. Seebeck, 3.1.1814 – Meine Frau und die Schreiberin grüßen, diese ist mir übrig blieben, mir mit der Feder beyzustehen, da meine ganze Canzley das Schwert ergriffen hat. – An v. Trebra, 7.1.1814 – Wenn ich diese Blätter mit rother Tinte corrigiert zu dir sende, so ist auch dieß ein Zeichen der Zeit. Unsere jungen Herren finden nichts bequemer als hinaus zu marschiren, um anderen ehrlichen Leuten eben so beschwerlich zu seyn, als man uns gewesen, und das ist ein sehr lockender Beruf, da man noch nebenher für einen ausgemachten Patrioten gilt. – Riemer · Berka, 1.6.1814 – Die Ulrich war sehr liebenswürdig, aber etwas zurückgezogen, und Goethe tat sehr schön mit ihr. – Den 2. Juni – Ulrich zeigte mir nach Tische den Ring, den ihr Goethe geschenkt; ein Rubinchen mit Perlen und Schlange als Ring. – Am Abend las sie uns aus dem Cellini vor. Anmutig im höchsten Grade. Melodische Stimme. Knabenhaft und mit einer gewissen Kadenz. – Den 3. Juni – hatte die Ulrich den ganzen Morgen bei Goethe geschrieben. – Ich las Goethe einige Sachen auf Ulrich vor, die er lobte. – Den 15. Juni – Abends nach Tische spielte der Sumpfkönig [Badedirektor Schütz] das Trompeterstückchen von Bach. Mußten die Frauen zuhören. Saß Uli in Goethes Stube ganz auf der Erde (wie die Genoveva bei Cranach, nur schöner).

Riemer · Weimar, 23. Juli 1814 – Zu Goethe. Mittags zu Tisch. Machte Goethe die Ulrich weinen durch die Bemerkung, wer ihm nun die Krumen ausschneiden und wer ihm schreiben würde? Ulrich weinte, und mir tat es weh. Sie erholte sich erst spät.

Minister Voigt an Böttiger, 7.8.1814 – Herr von Goethe ist am 25. Juli nach Wiesbaden abreist.

Andrang der Gäste zu Goethes Dienstjubiläum am 7.11.1825

Da Caroline Ulrich, die als Enkelin des vielgerühmten Dr. Buchholz von jung auf im Haus am Frauenplan heimisch war, »sich gut in die Frau Geheimde Rätin zu schicken wußte«, fielen ihr, besonders nachdem sie seit 1809 im Hause wohnte, mehr und mehr die Pflichten einer Gesellschafterin zu. Als eine der »Lustigen von Weimar« fuhr sie, von Goethe ermutigt, mit Christiane, die allen Vergnügungen nachjagte, vom Theater zur Landpartie, von der Brunnenfege zur Kirchweih, vom Ball zu Schwatz und Spiel; begleitete sie nach Frankfurt, Jena oder Leipzig, teilte mit ihr die Badekuren in Lauchstädt, Karlsbad und Berka. Zu Hause aber ließ

Goethe, vorlesend und erklärend, »seine Frauenzimmerchen« am Werden eigener Dichtung teilnehmen, führte sie auch in das Werk anderer ein und verschmähte nicht beim Punsch eine Partie »Whist mit Strohmann«. – In den langen Wochen seiner Abwesenheit aber fiel Caroline die Aufgabe zu, nach Christianes Diktat (diese Fiktion wurde schonend-liebevoll aufrecht erhalten) ihm über alles, was sie planten und unternahmen »unermüdlich – weitläufigter – recht viel – einigermaßen ausführlich« zu berichten. – Und als im Kriegswinter 1814 Goethes »ganze Canzley das Schwert ergriff«, schlüpfte Uli oder Uline (wie alle Welt sie kosend nannte), schlüpfte Goethes Schöne Juveline, sein Artiger Mandarin, sein Kleiner Eginhard, eifrig und im Innersten beglückt, zusätzlich in die Rolle des Canzlisten. – Klug und feinnervig, wie sie war, erfaßte sie zudem, daß Goethe sich »in dem ungeheuer Bedrohlichen der Gegenwart eigensinnig auf das Entfernteste warf«. China beschäftigte ihn, Hafis' dichterische Welt kam herauf, der »Westöstliche Divan« kündigte sich in den froh entspannten Frühlingswochen von Bad Berka an. – Caroline, in Anstrengung und Genuß eine zierlichste Arabeske, wird Glied der Goetheschen Arbeitswelt. Für eine kurze Zeitspanne weiß sie sich ihrem Dichter nahe. – Der Ring, von dem Riemer spricht, das Rubinchen, von Perlen gesäumt, ihr in den schönen Berkaer Pfingsttagen dediziert, ist Zeichen des Danks, Zeichen der Zuneigung. Caroline aber erkennt, hellsichtig und besonnen, daß die Gabe auch Zeichen des Abschieds war. Ihr ist bewußt, daß Goethes Neigung (wie Kanzler Müller in Gedanken an Ulrike von Levetzow formuliert) dem gesteigerten Bedürfnis seiner Seele nach Mitteilung, nach umfassender Sympathie entsprang und nur bedingt ihrer Person allein galt. – Ende Juli brach Goethe an den Main, an den Rhein auf. An Caroline war es, ihre Zukunft neu zu bedenken. – Obwohl Waise und durch widrige Schicksale ohne Schuld verarmt und depossediert, hatte es Carolines lieblicher Person nie an Bewerbern um ihre Hand gefehlt. Auch jetzt konnte sie wählen. Sie entschied sich für Friedrich Wilhelm Riemer, wohl wissend, daß sie mit ihm vereint, Goethes Welt nicht zu verlassen brauchte. – Und Riemer, der Caroline seit langem sehnsüchtig zugetan war, schrieb im November 1814 Freunden in Jena: »Mein abgerissenes, zerstückeltes früheres Leben erhielt zuerst in Weimar einen Mittelpunkt, einen Kern, um den es sich sammelte und bildete, und die Vereinigung mit einem fast unter gleichen Bedingungen entwickelten und gebildeten Wesen, das ich beynah wie mich selbst kenne, schließt und rundet es ab zu einem Ganzen, das nun erst Bedeutung, Werth und Wirksamkeit erhält.«

Am 27. Oktober kehrte Goethe nach Weimar zurück; am 8. November richtete Christiane den ehemaligen Hausgenossen die Hochzeit aus.

Visitenkarten

ZUM DIESJÄHRIGEN KALENDER

Seit den frühen Gartenhaustagen beschäftigte Goethe, ein junger Legationsrat noch, zugleich allerdings Weimars Maître des Plaisirs und Schöngeist vom Dienst, neben dem Gewimmel der nach Bedarf engagierten Näh-, Wasch- und Bügelfrauen, der Gärtner, Handwerker und Taglöhner, ein Team von etwa fünf Dienstboten in fester Anstellung. – Darunter blitzgescheit und flink Philipp Seidel; derber, doch von unerschütterlicher Treue und Tatkraft Paul Götze, launisch dagegen und voll Tücke Charlotte Hoyer, die Köchin, zänkisch Kutscher Gensler, wendig und putzig-gelehrt Stadelmann, der wie Majordomus Seidel kummervoll zugrunde gehen sollte. Am Ende aber, im Kriegsjahr 1814, da seine »ganze Canzley die Feder mit dem Schwert vertauscht«, überaus lieblich, die Schöne Juveline, Goethes »secretarius Uline«. – Sie alle waren »Personal« einer Haushaltung, die ebenso Familien-Domizil, Behördensitz, geselliger Treffpunkt war, wie im innersten Kreis – Einsamkeit und Stille garantierend – Dichterwerkstatt und Bezirk konzentrierter geistiger Arbeit. – Ein disparates Gefüge, funktionsfähig nur durch das stets gefährdete, labile Zusammenspiel von Toleranz und Disziplin, Offenheit und Diskretion, von Zuneigung, Abstand und Respekt.

Im Zentrum, von dem alles abhing, auf das sich alles bezog, der Geheime Rath, der Minister, der Dichter. Seinen Bedürfnissen entsprach die Organisation, ihm fiel aber auch die oft prekäre Finanzierung dieses weitläufigen Haushalts zu, den er durch die Jahrzehnte seines langen Lebens, kräftig, entschlossen, sachlich – über alle Krisen hinweg – im produktivsten Gleichgewicht hielt.

QUELLENNACHWEIS

Die Texte dieses Almanachs werden nach der *Artemis-Goethe-Gedenkausgabe* mit Band und Seitenzahl zitiert.

Seite 5: 1,417; 7,39; 1,434; 8,285; 8285; 1,418 **Seite 6:** 1,105; 9,539; 3,316; 9,615; 6,302; 1,626; 24,768 **Seite 7:** 1,267; 12,304; 6,283; 1,608; 3,101; 8,494; 2,397 **Seite 8:** 1,436; 18,489; 1,642; 9,614; 8,638; 9,612; 9,609 **Seite 9:** 1,604; 1,633; 14,269; 9,540; 2,390 **Seite 17:** 15,235; 16,921 **Seite 18:** 2,390; 18,464; 9,569; 2,145; 9,503; 21,966; 1,623 **Seite 19:** 3,356; 1,631; 1,652; 18,606; 9,605; 24,164; 4,205 **Seite 20:** 3,345; 21,739; 9,613; 9,327; 22,598; 9,176; 19,361 **Seite 21:** 11,158; 9,610; 8,33; 9,612; 10,255 **Seite 29:** 5,203; 13,29 **Seite 30:** 6,873; 6,1027; 7,228; 20,487; 3,336; 2,535; 24,678 **Seite 31:** 6,271; 9,633; 1,633; 8,129; 4,266; 5,160; 2,397 **Seite 32:** 8,8; 24,655; 20,711; 5,263; 1,419; 1,656; 1,233 **Seite 33:** 1,410; 1,524; 17,735; 1,687; 10,149; 9,553; 8,502 **Seite 34:** 5,168 **Seite 41:** 18,423; 2,145; 22,462; 8,311; 1,604; 9,626 **Seite 42:** 23,373; 9,608; 1,633; 3,385; 1,662; 7,69; 1,460 **Seite 43:** 23,692; 9,615; 8,318; 9,24; 7,526; 9,611; 9,427 **Seite 44:** 9,608; 19,682; 9,615; 8,419; 9,615; 9,520; 1,648 **Seite 45:** 5,171; 1,631; 6,284 **Seite 53:** 1,224; 8,503; 9,633; 24,312 **Seite 54:** 3,328; 1,635; 9,615; 8,286; 4,383; 8,504; 1,646 **Seite 55:** 1,409; 9,521; 9,615; 19,358; 1,626; 20,906; 23,194 **Seite 56:** 3,9; 9,174; 10,144; 2,173; 9,611; 5,406; 9,644 **Seite 57:** 1,410; 9,580; 4,761; 6,162; 11,818; 1,607 **Seite 65:** 5,307 **Seite 66:** 8,27; 1,612; 9,551; 19,20; 23,525; 7,87; 1,438 **Seite 67:** 1,626; 7,591; 1,441; 11,266; 24,283; 9,612; 1,637 **Seite 68:** 1,635; 2,185; 9,145; 18,700; 22,319; 1,598; 2,450 **Seite 69:** 3,338; 9,552; 1,652; 5,304; 1,626; 24,647; 1,610 **Seite 70:** 3,278 **Seite 75:** 1,606; 9,608; 10,38; 1,630; 15,1044; 2,388 **Seite 76:** 1,611; 1,609; 16,418; 3,257; 1,669; 9,652; 11,461 **Seite 77:** 1,620; 10,424; 9,635; 22,318; 6,348; 9,510; 2,378 **Seite 78:** 1,417; 3,316; 9,422; 24,63; 1,576; 23,520; 1,622 **Seite 79:** 9,363; 2,179; 7,366; 10,451 **Seite 85:** 1,507; 21,192; 1,636 **Seite 86:** 1,687; 4,941; 7,636; 8,505; 1,640; 9,614; 1,610 **Seite 87:** 3,339; 18,549; 9,230; 1,423; 9,499; 9,600; 22,458 **Seite 88:** 1,654; 2,388; 8,607; 11,100; 3,278; 24,165; 1,633 **Seite 89:** 3,383; 14,122; 5,404; 7,436; 1,642; 13,336; **Seite 95:** 1,645; 5,594; 9,78; 2,179; 19,174; 9,520; 1,620 **Seite 96:** 1,427; 22,543; 1,427; 9,628; 18,762; 5,393; 9,611 **Seite 97:** 1,427; 9,523; 1,424; 1,424; 1,426; 6,571; 1,574 **Seite 98:** 1,432; 20,366; 1,425; 7,477; 1,426; 1,621; 1,427 **Seite 99:** 1,630; 22,537 **Seite 107:** 1,432; 22,571; 1,432; 1,433; 7,445 **Seite 108:** 23,315; 7,400; 22,490; 1,432; 9,619; 23,739; 1,432 **Seite 109:** 1,426; 1,425; 9,613; 1,424; 1,425; BI,916; 1,563 **Seite 110:** 1,612; 1,425; 22,475; 1,426; 18,653; 9,509; 1,433 **Seite 111:** 5,202; 9,658; 1,427; 1,424; 12,709 **Seite 119:** 8,130; 21,538 **Seite 120:** 9,511; 8,234; 1,665; 9,629; 1,424; 1,425; 1,432 **Seite 121:** 1,425; 1,425; 3,338; 19,705; 1,425; 9,611; 1,457 **Seite 122:** 12,492; 8,517; 21,280; 1,264; 1,523; 1,627; 9,616 **Seite 123:** 1,426; 9,131; 6,874; 13,48; 8,495; 2,110; 1,418 **Seite 131:** 3,318; 1,562; 22,654; 23,122; 1,610; 2,38; 1,621 **Seite 132:** 4,429; 3,336; 3,316; 8,516; 1,424; 1,439; 14,336 **Seite 133:** 6,250; 1,424; 8,519; 1,643; 1,666; 18,940; 1,607 **Seite 134:** 3,723; 10,318; 3,723; 1,614; 5,304; 9,534; 9,666 **Seite 135:** 3,337; 18,627; 1,645

Bildnachweis: Stiftung Weimarer Klassik, Goethe Nationalmuseum, Weimar: S. 24, 27, 39, 48, 51, 58, 90, 94, 103, 130, 141; Titelblatt: Goethes Wappen aus dem Adelsdiplom 1782; Umschlag: Kalte Küche im Schloß Tiefurt; Porträt J. W. v. Goethe von Georg Melchior Kraus, © Stiftung Weimarer Klassik; alle übrigen Bilder: Archiv des Verlags.

INHALT